安连发◎著

现实与表现

——安连发杂文诗歌集

中国工人出版社

图书在版编目（CIP）数据

现实与表现：安连发杂文诗歌集 / 安连发著. —北京：中国工人出版社，2017.9
ISBN 978-7-5008-6815-6

Ⅰ.①现… Ⅱ.①安… Ⅲ.①杂文集—中国—当代 ②诗集—中国—当代 Ⅳ.①I217.2

中国版本图书馆CIP数据核字（2017）第231600号

现实与表现：安连发杂文诗歌集

出 版 人	芮宗金
责任编辑	李 丹
责任校对	赵贵芬
责任印制	栾征宇
出版发行	中国工人出版社
地 址	北京市东城区鼓楼外大街45号 邮编：100120
网 址	http://www.wp-china.com
电 话	（010）62005043（总编室） （010）62005039（出版物流部） （010）62382916（职工教育分社）
发行热线	（010）62005996 （010）82075964（传真）
经 销	各地书店
印 刷	三河市文通印刷包装有限公司
开 本	710毫米×1000毫米 1/16
印 张	12.75
字 数	70千字
版 次	2017年10月第1版 2017年10月第1次印刷
定 价	40.00元

本书如有破损、缺页、装订错误，请与本社出版物流部联系更换

目　录

CONTENTS

杂文篇

人有几张脸

我在孩提时代读过一本连环画，书名早已记不清，但其中一段描述却始终记忆犹新——有一个人来到一家酒馆，惊奇地发现里面的人居然长有前后两张脸，正可谓“两面人”是也。

很长时间里，我一直认为“两面人”是荒诞离奇的说法，但随着年纪的不断增长，我对人世沧桑、世态炎凉渐有所悟，偶尔记起这一故事，越发觉得“两面人”的说法并不荒诞，反倒是非常真实。

如果从人的形体而论，谁长有两张脸，谁就是个怪物；如果从人的精神或心灵世界而论，又有多少人不是两张脸，不是个怪物呢？自然科学家早已把人与动物做了明确划分，也就是说人是高级动物，动物则是低级的。这是因为人与动物的最大区别在于人有思想，有语言，有高级智商，有感情，还可以创造文明……从共性的角度理解，这是每个人都能接受的事实；从个性的角度来看，可就千差万别了。原因很简单，人类是复杂的种族，不是每个人都有高级智商及思想，更不是每个人都有感情，都可以创造文明，有相当一批人不但不具有上述人类的基本品质，反而对世界的文明形成巨大的破坏性。

综观有文字记载的人类文明史，迄今为止，人类最先进的技术是什么？可以说是武器。从大刀长矛、土枪土炮到现在的核武器，人类智慧的精华在漫漫历史长河中毫无保留地奉献给了可以毁灭人类自己的武器工程中。由此而论，动物不能创造文明，也不能破坏文明，但人类就不同了，人类先是创造了文明，再是毁灭文明，而且比创造文明更彰显其能。是谁让地球变暖？是谁让大量物种灭绝？是谁让水土流失，森林荒芜？又是谁早已研制出可以毁灭世界的生化核武？

当然是所谓的高级动物——人类，既创造文明，又毁灭文明的“两面人”。

当维克多·雨果说法兰西和英格兰两个强盗闯入圆明园中掠夺、纵火时，这两个强盗原本是“文明使者”，是王公贵族统领的“文明军队”，其中不乏一些绅士、牧师，更多的是信奉上帝的基督徒。可他们为何要当强盗呢？因为他们原本就是强盗，只不过另一张脸是天使。

希特勒自诩为社会主义者，创建的党也叫德意志社会主义工人党，但其罪恶早已众人皆知。就屠杀六百万犹太人而论，这可不是这个恶魔一个人的行为，而是相当一批人的意志，要知道这批恶魔平时也是西装革履，彬彬有礼，也会吟诗作画，舞步姗姗……

被称为“兽类集团”的侵华日军同样如此，在中国用活人做实验，士兵间开展杀人比赛，将孕妇剖腹再用刺刀将婴儿挑出取乐……正常人想都想不到的残忍手段，那些侵华日军全都使用上了。

然而，这一切并不只是发生在那个疯狂的时代。20 世纪 90 年代，非洲卢旺达发生疯狂的种族大屠杀；21 世纪，伊拉克萨达姆使用化学武器对库尔德人进行种族灭绝……这一切真是太多太多了！

问题的关键是，这些恶魔的阴魂未散。在德国，在日本，在许多地方，怀念魔鬼的大有人在，追随魔鬼的大有人在，只不过他们还未得势，否则，那又将是人类的灾难。

再换一个角度，回到现实中来看看“两面人”。最典型的就是我们经常能在新闻上看到的一些贪官。这些贪官的故事比小说家挖空心思、花费数年创作出来的故事生动离奇得多，整合在一起就是一部现代版《官场现形记》——有的正在做廉政报告，就被灰溜溜地抓了去；有的刚刚参加完党的重要会议，兴奋劲没过就进了监狱；有的在电视机上频频以“公仆”形象亮相，转日便被“双规”……真可谓千奇百怪，丑态百出！

写到此，我更觉得当初那段古代“两面人”的故事是多么真实而巧妙，同时我也想起一句西方谚语：“人是什么？半是野兽，半是天使。”

人是需要约束的

15 年前的一个仲夏，我从绥芬河出境赴俄罗斯海参崴考察。坐在列车上，我不时地眺望窗外，重叠的山峦，翠绿的松柏，令人心旷神怡。然而，铁道两侧随处可见的垃圾却大煞风景。

过了一个个涵洞后，我们终于出关并转乘到俄罗斯列车上。这是一辆破旧的列车，远不如我国的先进。看来，苏联“老大哥”的经济已今非昔比。这时，导游小姐开始讲出境后的各种注意事项，其中一条就是切不可往外扔垃圾，哪怕是一小片废纸。因为俄罗斯的巡警非常严厉，若被发现，至少要罚款 500 卢布。

我这才意识到，境外、境内竟如两个世界，境外的铁道两侧只有绿草、树木，一点儿垃圾也看不到。这不由得让我陷入深思——同一批中国人，为什么在境内就能毫无顾忌地随意违反公德规则，而在境外却能入乡随俗、遵规守矩呢?

每日进出关的大批人员，在文化、政治和经济条件上各有不同，但在规矩面前却人人一致。毫无疑问，是规矩在约束着人们。

约束有两种，一种为主观，另一种为客观。主观约束就是自我约束，即所谓的道德约束。国人常以“非礼勿视，非礼勿听，非礼勿言，非礼勿动”“君子防未然，不处嫌疑间。瓜田不纳履，李下不整冠”等圣人的道德警示来约束自己的行为，久而久之，就会越来越文雅和高尚。而客观约束就是我们常说的法律规章之类的硬性约束。无论你是好人还是坏人，只要有悖于这种约束，就必然会受到惩罚。其实，古往今来，人类社会正是在这两种约束中逐渐形成并日益发展的。

近年来，媒体经常报道不少国人在国外考察或观光旅游时，不文明之事时有发生。不少人把这一切归结为国人素质不高。对此，我不敢苟同。人的意识和行为是随着环境而改变的，一个人的素质再高，如果在特定的环境中不受约束，那么此人就有可能做出失小节甚至失大节的事情来。

吸烟是个坏习惯，可你不能说吸烟的人素质不高，许多伟大的人物不也有吸烟的嗜好吗？喝酒是个坏习惯，可你不能说喝酒的人素质低下，多少英雄豪杰、文人墨客，不也有喝酒的嗜好吗？人非圣贤，孰能无过，关键是社会是否给人以约束。

中国是个有着五千年文明史的泱泱大国，这既让人引以为荣，又使人倍感责任重大。但不得不承认的是，中国几千年的封建社会历史，让“官本位”思想牢牢地印记在人们心中，小到一个村、一个企业，大到一个局、一个城市，各级官员都能翻手为云，覆手为雨，全然忘却约束。这或许是某些地方花钱买官日益猖獗的主要原因。

不少高官因为物欲、淫欲、贪欲等纷纷落马成阶下囚，这些人自身素质不高吗？按说他们早已高官厚禄、丰衣足食，可为什么依然以身试法呢？问题的关键还是因为缺乏约束。

前些年，我问过一位因贪污公款而受到法律制裁的老总：“你这么年轻，又留过学，掌管着这么大的一个公司，应该说前途无量，为什么要为了几十万元毁掉自己的一生呢？”他告诉我：“关键是不受约束。这个企业由我一个人说了算，我既是董事长、总经理，又是党委书记，谁敢不听我的？凡是类似我这种情况的，不出问题的没几个，只是走运不走运罢了。”我觉得他的话也对，也不对。“不对”是因为好人、好官还是多数；“对”是因为人无完人，你不约束他，任他由着性子走，能不出问题吗？

在我居住的小区内有一片树林，树林的周围是一片葱绿的草坪，草坪一侧有一条供人行走的水泥小道。不过，要从这条小道穿行树林，需要多走八九米的路。为了少走这几步，不少人踏着草坪行走，时间久了，草坪就被踩出一条道来。物业人员只好在这条道的中间栽上几株冬青，提示人们这里不可行走。谁知，没过多久，在冬青旁又踩出一条道来。如果说这些人素质不高，可是他们又都衣着得体、谈吐大方。我想，如果借用俄罗斯的办法，违反规定就要罚款，那么这些人兴许就知道该走哪条道了。

提到自我约束，就不得不谈谈国内的教育。如今，无论是政府、教师，还是家长、学生，似乎越来越淡化“德智体全面发展”的方针了，所热衷的只是与分数的博弈。的确，差一分就有可能进不了重点学校，就有可能会多花好几万元。然而，学生们的分数似乎是上去了，可他们的素质却令人担忧。有一天，我在公交车上遇见了五六名大学生，他们一路用高八度的声音肆意谈笑、打闹，完全不顾周边人的感受。这些高学历、高素质的“祖国栋梁”，在公共场合的行为举止之低俗让人瞠目结舌！

由此看来，提高一个民族的自身约束力乃至自身素质，首先要从教育抓起。让一个人从小就明确一个道理——做人必须遵守道德规范，这样一代代教育下去，数十年过后，在中国的每一个城市，在世界的每一个地方，出现在众人眼前的将是具有礼仪大国风度、温文尔雅、讲究公德的中国人，那时，才是中华民族的真正崛起。否则，一切都是空话——一个没有自我约束力、没有民族精神的国家有什么可畏惧的呢？

当前，各种各样的信息越来越多，再加上互联网的普及，人们可以“隐姓埋名”地大肆发表带有个人情绪的观点，奇谈怪论就这么多了起来。毫无疑问，这种“自由主义”是社会病症在网络上的一个投射。它不仅仅是教育问题或网络问题，而是整个社会在文化思潮、经济发展、伦理重建等多方面作用下的结果。20 世纪 50 年代，我国的社会经济并不发达，但人们的觉悟和素质并不低，社会治安稳定，夜不闭户，路不拾遗。而今，人们有钱了，社会伦理道德却日渐沦落，每一户人家都得用防盗门、铁栅栏把自己的住所装备得像个监狱似的。看来，富贵未必能使觉悟提高，贫穷也未必是低素质的根源。约束，才是真正的良药。

我们大力提倡学习传统文化，正是为了东方礼仪之邦的重新崛起，为了国民素质的大力提升。孔子一生都在提倡仁、义、礼、智、信，一生都在追求克己复礼。所谓“礼”就是一种约束。孔子曾说：“唯女子与小人为难养也。”我以为孔子讲的小人，既不是达官贵人，也不是平民百姓，而是指那些行为不受约束，不守礼制，不遵守道德规范的人，而且这种小人实乃“朽木不可雕也”。

如今，当“享乐主义”潜行于市之时，约束依然是所有人的精神价格标的，也是促进社会和谐的题中之意。如果社会真正形成一种约束力，好人就不会轻易做出错事，坏人就不会轻易伤害别人。

一草一木皆有情

中国人历来将草木视为无情之象征。施耐庵在《水浒传》第十二回中曾写道：“世杰自幼读书，颇知经史，人非草木，岂不知泰山之恩，提携之力，感激不尽。”凌濛初在《初刻拍案惊奇》卷十五中说：“人非草木，岂得无知？”吴趼人在《情变》第四回中也道：“人非草木，岂能无情？”

难道草木就真的没有情吗?

其实，人类的日常生活哪一时、哪一刻可以和一草一木分开?即使在一望无际的大沙漠中，一小片绿洲也能带来生的希望。在这个世界上，无论是动物还是植物，都充满了深情，只不过表现方式不同而已。人类和动物表现情的方式是语言和肢体，而植物表现情的方式是形态。这种形态恰恰带给世界无限的美好，使人类生活产生了柔柔的浪漫和绵绵的情意。

花草树木早已成为人类文学艺术中最主要的表现内容。古今中外，为一草一木题诗作画撰文者不胜枚举。白居易有“离离原上草，一岁一枯荣。野火烧不尽，春风吹又生”的千古绝句，毛泽东也有“万木霜天红烂漫，天兵怒气冲霄汉”的不朽诗句。可见，一草一木的存在本身就是情，更能给予情。

世间万物有阴阳，人有男女之分，动物有雌雄之别，植物同样如此。最典型的莫过于银杏树，只有一雌一雄同时栽种方能结果。我的家乡曾发生过一件真实的奇事。一位邻居的院落长有一棵百余年的枣树，这位邻居总嫌这棵树碍事，有一日便决定锯掉它。锯了几下，树干就开始淌血水。旁人劝他别再锯了，说这棵枣树树龄已久，怕是有灵性。这位邻居天性固执，偏不信邪，最终还是把树锯掉了。可未过几日，邻居竟一命呜呼。我有一次去长白山，特意咨询过一位老伐木工是否有过此类经历。老伐木工告诉我，他确实遇见过大树流淌血水的案例，不过这并非大树显灵，而是多为自然现象。无论如何，我觉得树是万万不可由着性子砍伐的，且不说天地万物自有灵性，就是对于环境保护来说，也必须要保护一草一木，否则人类必自食恶果。

我曾看过一则新闻，说贵州苗寨邑沙村有着优良的传统，敬天敬地敬祖先，爱护这片土地上的一草一木，不允许任何人肆意破坏。族人违反村规砍伐树木，便会遭受惩罚——村里会召集全村500户家庭派出代表，集中在村里的祖母石前进行惩罚仪式，违规者将被罚酒和猪肉各120斤，当众分给全村到场者以弥补过失。惩罚的整个过程似乎在为死去的树木举行祭祀仪式，既认真严肃，又悲伤庄重。新疆维吾尔族也有类似的传统，他们在哪里安家落户，都要首先在周围植树造林，没有特殊情况，不会砍伐树木，也不会让动物随意破坏，甚至很早就有“砍伐有根树木者，罚一匹马；砍伐在生长期的树木，罚一头牛”的规定。可见，任何超出人类和自然底线的行为，都会受到惩罚。有时，这种传统的、古朴的惩罚方式甚至比一些行政法规更有实际效果。

我们常常能看到在草坪边插着“芳草依依，请君爱惜”的小牌子，提醒人们不要随意践踏草坪。然而，还是有许多过路者为了自己方便，踩踏草坪而过，留下一道道被人踩平的荒芜小路。这情景总是让人既愤怒又伤感，这是一个大城市、一个文明古国应该有的文明程度及国民素质吗？我期待，人似一草一木皆有情，不再随意践踏草坪、采摘花果，不再随意横穿马路，不再随手丢垃圾、随口吐痰，不再在公共场所大声喧哗……

规则与人性

前不久发生在北京八达岭野生动物园的老虎伤人事件，引发了很长一段时间的热议。人们众口一词，认为女子被老虎咬成重残，害其母被咬身亡，都是因为女子“作死”，不守规则所致，活该遭此劫难。一时之间，似乎人人都成了遵守规则的楷模。更可怕的是媒体一个劲地推波助澜，引导人们把唾沫星子往女子身上喷，似乎只有仍然躺在重病室的女子被老虎咬死，才能平息众怒。

然而，当今社会有多少人真正讲规则？

养猪的注水，种菜的放剧毒农药，小商小贩随意缺斤少两，考场肆意作弊，公共场所大声喧哗，上地铁坐公交不排队胡乱挤，过马路不管红灯随意横穿，小区私搭乱盖屡禁不止，生态平衡任意破坏……不守规则的事实在太多了！或许每个中国人都能被列上几条。

不守规则确实是错误的行为，但我们应该对不守规则之人进行教育引导，给予适当的惩罚措施，但绝不该给予他们肆意谩骂、无情诅咒和暴力攻击。难道坐地铁进食就该被噎死？难道过马路闯红灯就该被撞死？难道缺斤少两就该被打死？难道考场作弊就该被水淹死？难道“驴友”跑到深山老林就该被摔死？难道当官的不作为就该被毒蛇咬死？

如今，人们的思维真是太混乱了，混乱得令人恐惧，因为这暴露出人心狠毒的一面，是一种人性的扭曲。

讲到老虎，人们自然会联想到武松打虎的故事。其实，当年景阳冈是有官府告示的，禁止行人单独过冈。也就是说，醉酒的武松并没有遵守规则，所谓艺高人胆大，硬要过景阳冈，结果遇见了猛虎，好在他武艺高强非凡人可及，三拳两脚打死了猛虎，一时成为英雄，还被官府重用。对不守规则的武松，世人代代传颂其打虎英雄壮举。假设这位女子也有武松的本领，能把老虎给打死，结局恐怕比现在也好不到哪里去，人们肯定首先同情无辜的老虎被非法闯入的人打死。

这年头，中国网民中谣言制造者越来越多，还有兴风作浪者、脑残者帮着不负责任地随意传播，无中生有，落井下石。之前就曾有消息爆出伤人老虎即将被处死，于是一片心疼老虎、处死女子的声浪不绝于耳。还有一些人在网上鼓噪为老虎伸张正义，认为真老虎因为这个不守规则的“母老虎”被锁在笼子里太冤屈了，建议动物园走法律程序向这位女子索赔损失。从诸多“冷血看客”无底线的舆论撕扯中，不难看出如今国人的精神几乎麻痹到堕落的程度。

其实，谁向谁索赔损失，自有法律裁决。野生动物包括八达岭野生动物园的老虎确实都是无罪的，因为野生动物伤人甚至吃人是自然规律，如果人类硬要拿野生动物当宠物、观赏性动物，和老虎接吻，和毒蛇共枕，就得有个精神准备，不知这些动物哪天会变脸。但如果对这个事件进一步深挖，我们是不是也应该同时想想外来车辆应不应该进野生动物园，私人承包野生动物园合不合适，高危园区有无应急预案和施救措施等问题呢？

老虎伤人事件中的女子已经失去了母亲，毁去了容貌，将要在泪水和懊悔中度过一生。可她的同胞们还在对她切齿痛恨，恨不得她立马死掉，以泄心中的怒气。也许，在众人的谩骂指责声中，她连余生都无法好好度过。如果仅仅是因为她不守规则，那请指责者扪心自问，自己是否一直在遵守规则？从任何角度来说，对一个遭受如此大难的人，都应该给予宽容和怜悯、关心和友善，中国人到底是为什么，又是从什么时候变得这么心狠？

一位英国网友对这件事是这样评论的："我为母女俩感到遗憾。这位女士下车太蠢，但我们自己一生中做过多少蠢事呢？……其中每件事情都可能造成严重后果，然后大家会说这是我自找的——他们说的没错。不过，我算幸运。许多人做过蠢事，最后都幸运地避免了闯祸。这位女士则没那么幸运。所以，她的确很蠢，但我仍然为她和家人感同身受。就算是她的错，对她和她家人来说，肯定还是一场恐怖而痛苦的经历。"

2016 年，美国一位叫安德烈亚的 29 岁女驯兽师在一次野外训练中被老虎咬死。安德烈亚的男友约翰是前美国海军陆战队队员，闻讯悲痛欲绝，宁可不要园方给予的 800 万美元赔偿，也执意要处死老虎为女友报仇。在不听园方劝阻的情况下，约翰偷偷摸进老虎驯化区，手持军刀与老虎展开厮杀，结果力不敌虎，被老虎咬死了。对约翰这种不守规则的行为，有人认为他维护爱情至高无上的尊严的举动令人感动，也有人认为他又疯又傻，不应该单独去与老虎搏斗，但没有人认为他活该。

在这里需要申明的是，我是极力反对不守规则的，我同样反对这位被虎所伤的女子的行为，但我对人性的扭曲、人心的冷漠残忍又是深恶痛绝的，我不愿看到国人对同胞是这样一种态度，这是我内心的悲痛之处！我们在指责不守规则的行为的时候，应该想一想我们指责的目的是什么，是让不守规则的人活不下去，还是为了让守规则的人更多一点；是在借机发泄自己的情绪，还是在真正解决问题；是在为他人的不幸幸灾乐祸，还是在真正为社会制度担忧。我想，这正是对人性的考量。真心希望国人多些理性，多些仁慈，多些关爱，多些宽容，多些理解！

论人心

中国有句老话：“狠毒莫过妇人心。”而我认为应该说“狠毒莫过人心”。我之所以把“妇”字去掉，是想修正这一提法，因为狠毒与否，是不分男女的。人以群分，有善良就必然有奸佞，有仁爱就必然有仇恨，有正义就必然有邪恶，有伟大就必然有渺小……《三字经》告诉人们“人之初，性本善”，其实这未必科学，性格在相当程度上受遗传基因影响，一旦遇有外界诱因，“恶”就很有可能会爆发出来。

综观整个人类文明史，不难看出，有文字记载的人类发展史就是一部充满血腥的杀戮史，正如鲁迅在《狂人日记》中概括的两个字——吃人。过去，人们把毒蛇猛兽看作是地球上最凶狠的动物，其实主宰、统治并随时可以毁灭世界的绝不是毒蛇猛兽，而恰恰是人类。许多毒蛇猛兽早已成了珍稀保护动物，有的甚至已经绝种，而人类还在无限繁衍。

一般来说，再凶狠的野兽也只会在两种情况下主动攻击伤害人类，一是自身遭到威胁，二是为了生存，把人当作食物。但人类不是这样的，人类会在自身无任何威胁的情况下主动伤害别人及别的生物，还会在酒足饭饱、衣食无忧的情况下无端伤害别人及别的生物。因为人的行为由思想支配，当人类被邪恶的思想所支配，就会干出无法想象的伤天害理的事情。

古今中外，人类发明了各种令人毛骨悚然的残杀手段，最不可思议的是许多只是为了娱乐。在古罗马角斗场，贵族可以安排人与凶猛的野兽或人与人进行角斗，直至杀死对方为止；18 世纪的印度盛行烧寡妇，也就是在男人死后，要把他的妻子活活烧死以祭奠亡灵；北齐开国君主文宣帝高洋在残杀宠妃薛嫔后，将其腿骨剃下做成乐器时时弹奏；明朝开国皇帝朱元璋为惩戒贪污而剥皮揎草，把贪官的人皮剥下装上稻草后，摆在官府门前以儆效尤；即使到了 20 世纪，国民党、汪伪政权用以残害共产党、进步人士及抗日分子的刑罚，也一点儿不比古代逊色。

人类历史上大规模的屠杀是战争。讲到战争就不能不提到战俘。古代战争对待战俘大概有两种处理方式：一是屠杀，二是收为奴隶。现代战争则换汤不换药，即使有了《日内瓦公约》，可灭绝人性的德国、日本等法西斯哪管这些约束，甭说战俘，就连平民也肆意虐杀，甚至进行种族灭绝。就连和平时代，美国也存在赤裸裸地进行种族歧视的《排华法案》，最终历经一个多世纪才被美国国会否定；2013 年，美国广播公司的脱口秀节目主持人口出狂言，说出要把中国人杀光的呓语疯话，引起华人不满，最终主持人不得不道歉。试想，天下若都是由拥有这般狠毒之心的人掌管，苍生何以安宁？

当个人的狠毒之心日益增长，就会给社会带来不稳定、不和谐的隐患，而一旦让个人的残暴凶狠演变为国家的残暴凶狠，就会导致整个人类的世界末日。虽然人类社会在科学、文明与进步的旗帜下较为健康地运行着，但人心是难测的，而历史的前进与倒退最终取决于人心。只有人心思善、向善，世界才会成为美丽的花园。遗憾的是，世界上人面兽心的大有人在，于是造成了战争不断，灾难不止，惨象环生。

兽性往往变着方式地发生在我们生活的世界中，甚至是发生在我们的身边，这不得不令人悲哀。在现实社会中，当我们为和谐社会而呐喊，为“美丽中国”之梦想而追求的时候，一定不可忘了扬善惩恶。即使有法律保护，也要时刻防备那些充满邪恶之心、狠毒之心的人。最典型的例子莫过于山西那桩伯母挖掉男孩双眼的案子了，没有深仇大恨，没有琐事纠葛，一个身为人母的女子居然能下此狠手，把人性中最邪恶、最狠毒的一面表现得淋漓尽致。

当人对人的狠毒受到抑制，就必然转向动物，因为动物在人类面前永远是被宰杀的对象。美国一位女主播以猎杀野生动物为快，把自己与所射杀的非洲雄狮、黑熊、巨鳄等珍奇动物的合影骄傲地发布在网络上，并面露残忍的笑容，从而引发网民的愤怒和抵制。而中国某海关近日查获了从非洲走私入关的10吨象牙，同时马来西亚也查获了20多吨。30吨象牙意味着多少头野生大象的死亡！

如果深挖根源，这就是一张罪恶的网，是由人类邪恶之心、狠毒之心编织的网。这张网正在可怕地覆盖着自然界中那些无助的动物，也在无情地毁灭着人类世界的美好，当然也毁灭着人类自身。人心越来越虚伪，人心越来越狠毒，人心越来越诡异，人心越来越邪恶，这是世界不宁的根源，也是人类的悲哀。

美　与　丑

美与丑，往往会给人带来说不尽的悲欢离合。外形美往往会招灾惹祸，外形丑则又容易被人不容。中国人常讲红颜多薄命，其实红颜本不薄命，只是因外形太美而引发了诸多意想不到的麻烦，使红颜不能像正常人一样平稳生活，而是整日生活在麻烦的旋涡中，如此反复折腾能不薄命吗？

我曾读过一部叫《流芳》的小说，书中的女主角是位绝代佳人，而也正是这倾城之美色给她带来了摆脱不完的痛苦和烦恼。众多邪恶的手、贪婪的心、好色的眼纷纷袭向她，最后在无可奈何之下，她亲手把自己毁了容。

如果用美与丑来划分人，无外乎有这么几种类型：外形美心灵丑，外形丑心灵美，外形美心灵美，外形丑心灵丑。这个世界上有两种人最令人生厌，一种是外形美心灵丑，另一种是外形丑心灵丑。遗憾的是，当今这个浮躁的时代，人们已不大去思考心灵的美与丑，而是更偏重于外形的美与丑。只要男人是高富帅，女人就爱；只要女人外形美，男人就追，仿佛只是求个醉生梦死，一时风流。

我们必须承认一个现实——很多人由于失去理想或信仰，精神已经麻木了，只是盲目地追求一些虚无且短暂的“美好”，对自己的人生尚且谈不上负责任，就更别说为社会和国家做贡献了。这就导致很多人把大量的时间和精力花费在追求外形美上，从化妆品市场、美容整形业的火爆就可见一斑，而对心灵美的追求，似乎变得越来越不容易，有几个人能静下心来读上一本好书，好好思考人生的意义呢？

美与丑的外形是先天遗传而来的，当然如今也可以通过高超的医学整形适当修补；美与丑的内心则是个人的品质，这种品质既来自先天遗传，更来自个人修养。自身素质是一个人进行自我塑造的最强大动力，这种动力会使一个人不论外形美与丑，都可以自尊、自强、自爱，成为真正的生活强者。

爱财与食色

古语云："君子爱财，取之有道。"告子曰："食色，性也。"可见，中国圣贤早就把人的本性看透了，并且为世人树立了敢讲真话、直言不讳的典范。

世界上没有哪个人是不爱财的，至于如何取之，那就另当别论了。记得小时候，父亲给我讲过一个民间故事。

古代一位樵夫上山砍柴时，救了一只受伤的大雕，大雕伤愈后为了报答樵夫的救命之恩，就对他说："我知道有一座金山，那里堆满了金子，明天一早我驮你到金山去取些金子回来，你就可以不再砍柴受罪了。不过，你必须答应我一件事情，到了金山捡上几块金子后，就要赶紧离开。否则，一旦太阳升起，我们就会被晒死，再也回不来了。"樵夫又惊又喜，满口答应了大雕的要求。

翌日清晨，大雕便驮着樵夫来到了金山。樵夫在满山的金子前惊呆了，他打开布袋不停地往里装金子。这时，在一旁的大雕见太阳快要出来了，就劝他说："太阳快出来了，你赶快跟我回去，不然我们会被晒死的。"可樵夫怎么会想回去呢，他恨不得住在这里不走了，就说："再等一会儿，我再捡几块。"大雕苦苦劝他，可樵夫就是不想离开。眼看太阳爬上了山峦，大雕只好独自离开了金山，而樵夫则被强烈的阳光晒成了灰烬。

"这个樵夫太贪得无厌了，如果他按照大雕的要求去做，就会尽享荣华富贵，过上快乐的生活，可他偏偏犯了一个'贪'字，结果把命都丢了。"这是当时父亲告诉我的观点。现在看来，现实生活中就有很多这样的樵夫呀！就拿中国的贪官污吏来说，某市公路局竟然连续三任局长被抓，真可谓在贪得无厌的道路上前仆后继。很多人会想，这些人为什么放着好好的官不当，放着好好的日子不过？其实，就是在于对“爱财”之道把握不当，对“爱财”之度没有界限。

《新约·马太福音》第二十五章讲了一个寓言，说一个国王要远行，就把仆人叫来，把家业交给他们，并按照他们的个人才干分给他们银子，最终分别给了三个仆人五千两、两千两和一千两银子。领了五千两银子的仆人随即去做买卖，另外又赚了五千两；领了两千两银子的仆人，也照样另赚了两千两；而领了一千两银子的仆人去掘开地，把银子埋了起来。

国王回来后，领了五千两银子的仆人带着另外五千两银子说：“主人啊，你交给我五千两银子，请看我又赚了五千两。”国王说：“好，你这又善良又忠心的仆人，我要把许多事派给你管理，让你可以享受主人的快乐。”领了两千两银子的仆人说：“主人啊，你交给我两千两银子，请看我又赚了两千两。”国王同样很满意。

最后，领了一千两银子的仆人说：“主人啊，我知道你是严厉的人，没有种的地方要收割，没有散的地方要聚敛，我拿着你的一千两银子很害怕，就把银子全都埋在了地里。请看，你的原银子在这里。”国王说：“你这又恶又懒的仆人，你既知道我没有种的地方要收割，没有散的地方要聚敛，就应该把我的银子放给兑换银钱的人，到我回来的时候，就可以连本带利收回。”最后，国王生气地夺过他的一千两银子，给了已经有了一万两银子的那个仆人。

这个寓言就是经济学中著名的“马太效应”法则：凡有的，还要加给他，叫他有余；没有的，连他所有的，也要夺过来。20世纪六七十年代，这则寓言曾被批判，原因是如果照此法则去做，越有本事的就越有钱，没能耐的就只有受穷，造成贫富不均。而这个法则也从另一方面解释了，为什么一些世人眼中已经在过着好日子的人偏偏要“贪得无厌”——拥有的东西越来越多，越来越容易，就会导致某些人丧失理智、居功自傲，免不得在人生道路上跌跟头。

财与色是相关的。这个世界上也没有哪个人是不爱色的。如果我们周围有哪个人娶了漂亮妻子，人们会说，这家伙真有福气，娶的妻子多漂亮，而不会说，这家伙真倒霉，竟然娶了个漂亮妻子。当然，如果是娶了貌似天仙，心如蛇蝎的美女就另当别论了。纣王娶了妲己，最终却失去了天下，落个自焚的下场；隋炀帝沉迷女色，最终也只能吊死江都……看来，食色是人之本性，但食色同爱财一样，也需要取之有道。

古今中外，不知多少英雄豪杰、达官贵人，由于只知“食色”而忘“取之道”也，结果落得个身败名裂。唐玄宗为了杨贵妃而被迫退位；宋徽宗竟从皇宫挖条地道通到青楼去私会李师师；军阀张宗昌娶了50多个不同国籍的妻子，有时竟抱着妻子就接见外宾……现在有些贪官虽然不敢像张宗昌之流那样赤裸裸，可包养几个情妇也是不在话下，当然为之倒霉的也不在少数。

钱财是好东西，美女也确实招人喜爱。然而，是你的方可图之，不是你的切不可生非分之想，否则，后果只能是引火烧身。

称谓的内涵

我听一位著名学者讲授礼仪后，确实受益匪浅，不过也有些迷惑不解。这位学者说人的称谓十分有学问，从古至今，可谓层次分明，要求严格。譬如，夫妻不能叫爱人，因为爱人是延安时期翻译过来的词汇，与情人是同义词；夫人也不可以乱叫，因为夫人是给够得上级别的官员专用的，不是平民百姓叫的；至于老婆、老公就更俗了，准确的说法是内人、外人。虽然我至今还未听过哪个男人称自己妻子为内人，但也许真理还就掌握在少数有学问的人手上。

我已届耳顺，却也时常被当下五花八门的称谓闹得不知所谓。高尔基曾在一篇散文诗《同志》中说，“同志”是世界上人与人之间最亲切的称谓，但随着改革开放的深入，“同志”这个称谓似乎被“改革”了。我从未听过哪位机关工作人员管自己的领导叫“同志”，常听到的是叫官衔，有的则叫“老板”。我听后很不习惯，也很不舒服，共产党的领导干部怎么能叫老板呢？就连早期的国民党彼此间也称“同志”，只有国民党特务才管戴笠叫“老板”。

有一年，我在外购物，向一位女售货员询价时，问了一声：“同志，这……”结果这位女售货员对我视而不见，根本不搭理我，我感觉自己做错了事，不禁满脸通红，汗也渗了出来，心想：“看来我太土了。”过了一会儿，我又走到一处购物，却不敢再询价了，脑海里一直琢磨一个问题——该怎么称呼女售货员呢？叫小姐？但如今小姐似乎已成了妓女的代名词。其实，小姐这个称谓原本是比较高雅的。叫大姐？我知道天津有这个习惯，即便一些老年人见了小女孩也叫大姐，可眼前这位女售货员也就20岁左右，如今的女孩都很在意年龄，万一她给我个白眼，那我就更尴尬了。思来想去，我还是决定不问了，别给自己找不痛快。

中国已经步入高科技迅猛发展的信息时代，多元文化已成定局，这无疑给人们带来一个自由广阔的生活空间。不过，有些人把一切东西都玩腻了，就会觉得百无聊赖，更何况有些人没有什么信仰追求，就只能进行模仿，于是一个明星的发型，一个小品中低俗的俏皮话，都可以引领社会潮流。这使我想起古代的一个故事：一个人脖子有问题，低不下头，只能仰望天空，不一会儿，许多围观的人全都跟着他看天。其实，这种现象是十分危险的。

如今，人们的精神恰似一本杂乱无章的书，让你摸不出头绪，加之一些媒体不负责任地乱宣传，瞎吹捧什么巨星、达人、大师、土豪等五花八门的“时髦”人物，各种称谓也就流向社会，改变了年轻一代的文化趋向——陌生人叫老板，领导叫老大，同事叫兄弟，上了电视叫达人，做个广告叫巨星，写几个字、画几幅画、做几件工艺品叫大师……这真是对文明与进步的莫大讽刺。真不知人们浮躁的心态何时能沉静，肤浅的文化何时能返璞归真。

为言负责

中华五千年文化博大精深，中国人做任何事情都能找到理论依据和精神慰藉。比如，一个人失败了，就会说失败是成功之母，不以成败论英雄；一个人做错事了，就会说人非圣贤孰能无过，浪子回头金不换；一个人说错话了，就会说言多语失难免口误，汲取教训引以为戒便可……做什么都有理，看起来没有是非，正是在这种模棱两可中，人们稀里糊涂度春秋，办起事来也就不讲原则，我行我素。

改革开放以来，中国人说话自由了。在任何一个公共场合，时不时都能听到人们在那侃侃而谈天下大事，什么都敢议，什么都敢骂，皆因宪法保护公民的言论自由。其实，牢骚几句倒也无妨，但如果是信口雌黄，把一些毫无事实根据的事件随意传播，那就不是宪法保护的言论自由，而是诽谤罪了。近期有关部门正着力整治网络舆论环境，不少网络“大 V”被曝光。此类人多为谣言制造和传播者，唯恐天下不乱，其中不乏为名为利或为其他政治目的而有意诽谤者，还有一些就是不负责任、不计后果的乱传乱说者了。

中国人有一个致命的弱点，那就是缺乏责任感。甭看喊得热闹，实际做起来却不是那么回事。有些人总是说一套做一套，这从屡屡发生的各类安全事故中就可以发现。姑且不论遵纪守法、循规蹈矩做不做得到，就连最基本的说话也往往是不负责任，信口开河，随心所欲，加之中国人聪明，一旦跑偏，其社会负面影响更大。

2012年，各媒体报道了山东枣庄发现一只野狼，这下震惊了上下，公安人员持枪围堵猎杀，闹得人心惶惶，最终这只野狼被射杀。然而，人们恢复平静后才知道，这并非野狼，而是一只和狼长得较为相似的哈士奇，可怜一只温顺的名犬被无辜杀害了。这令我想起了柳宗元《黔之驴》中的那只虎，它没见过驴，见后便觉“庞然大物也，以为神”，可谓“少所见，多所怪，睹骆驼言马肿背”。这次的“指狗为狼”事件便是随意乱说，不经考证便不负责任地传播谣言的最好例证。可见，说话办事都需要慎而又慎，不可随意而马虎。

有一次，平时只看科教频道野生动物专题片的我，偶然打开电视机看到一部电视剧《孤军英雄》，感觉不错，就连看了几集，这下又产生了不该产生的烦恼——该剧字幕错字百出。第十二集把“郑明仁”（一位国民党军团长）写成“郑仁明”；第十四集把“井冈山”写成“景岗山”；第二十二集把“武运长久”写成“吾运长久”……真不知当今中国的电视剧还有没有人在负责任地审查把关，这样的错字被大众看了当作正确的字使用，不就是颠倒黑白嘛！

后来，我又看《中国汉字听写大赛》节目，一些学生为了这场比赛把词典都抄写了好几遍，结果还是被一些早就不再使用的古汉字给难倒了。最倒霉的是有个成绩还不错的学生，碰上一道“郓（yun）城”的考题，孩子想了半天写出“运城”二字，结果判定回答错误，孩子失了分输了比赛。其实，孩子并没错，而是那些出题的语言大师无知，没有告知具体区域。两个同音词，“郓城”是山东的，而山西也确有“运城”。这样武断地说孩子回答错误，只会造成更大的社会认知错误。

总之，说话办事要负责，更需缜密。平时说话不可将道听途说的、一知半解的事当作真事去传播，不可在工作、生活中马马虎虎，别不经思考便打妄语，切记这是要付出代价的。

细节是关键

我曾读过一个故事，说一群影视演员在导演的带领下赴某地拍片，途经一个渡口时，正值人流高峰期，人们排着长队等待渡船。这些演员们等了一会儿便不耐烦了，有人出主意让一些常在影视剧中露面的“角儿”给渡口工作人员亮亮身份，以便给个特殊关照，提前登上渡船，结果渡口工作人员并不知道“角儿”是谁。演员们不断以提示的口吻问工作人员有没有看过哪几部影视剧，得到的回答都是没看过，再问工作人员是否看过新闻专题，因为其中有对他们的人物专访，工作人员却告诉他们“我们只看《动物世界》”。透过这个故事，可以看出人们正在对中国影视剧失去兴趣和信心。

其实，中国这么大一个国家，有 56 个民族，有 5000 年的历史，经历了数不尽的荣耀与苦难，随便摘出一段都是丰富的影视剧素材，可为什么很少有人能拍出让观众真正为之动容并喜爱的影视剧呢？现在的不少作品讲述的多为大事件，立意也鲜明准确，最终却屡屡走味，这其中固然有影视剧团队的水平问题，但我觉得其中细节的失真才是重要原因。

人们常说细节决定成败，性格决定命运。也就是说，细节的失真会导致人们把真实视为虚假，把优秀视为拙劣；而性格的缺陷会使一个人把机遇看成障碍，把幸福看成痛苦。当今社会，好高骛远之人越来越多，大事做不来，小事又不做，在工作和生活中哪还顾及细节？

2015 年 6 月 25 日晚，我在电视上看到一则消息：“普京总统或于 12 月底访俄。”我当时吃了一惊，哪国又出来个普京总统？细一听方才明白，是普京要访问日本。毫无疑问，是电视台打错字幕了。一字之差，就差点闹个大新闻。如此细节，为何没有人审核？可怕的是，错别字在电视上已是屡见不鲜。

前几年某电视台的一则报道也闹出了笑话，一位记者现场报道某地塌桥事故，反复介绍说这座石拱桥是典型的豆腐渣工程，因为整个桥竟没有一根钢筋。这真是让人啼笑皆非，石拱桥哪来的钢筋？而在某电视剧中，竟有毫无逻辑的雷人台词：“我爷爷、奶奶八岁就被日本鬼子杀害了。”这些听起来都是笑话，但笑过以后，也不免为这种不注重细节的风气所担忧。

一部本来策划立意很好的影视剧，一旦不断地出现细节的疏忽或者失真，也就等于失去了观众，至少不会产生良好的社会影响，因为人们不会把这样的作品视为艺术，也不会从中获得知识的增长和审美的提高。

20 世纪 80 年代初期，改革开放刚刚起航时，我看了一部工业题材电影，其中的一个画面让我至今记忆犹新——片中的男女主角竟在高空作业中接吻。电影的意图很明显，想通过这个高空接吻的镜头告诉中国人，中国开放了。殊不知，这种细节的失真只会让人感到造作和恶心。还有一些所谓大牌导演斥巨资拍的历史大片，力图通过片中人物的服饰去营造华丽氛围，结果服饰采用的都是古代根本不会有的高级材料。

前几年，本着实事求是的态度，抗日战争正面战场的历史作用被肯定，出现了大量描写国民党正面抗战以及国共合作共同抗战的影视剧。本来反映这段历史无可非议，但是一些抗战剧越来越邪性，纷纷以身怀绝技的漂亮女军统特务为主角，她们从日本军方获取机密情报、杀光一群日本军人都是易如反掌之事，而日军也多是由美女军官指挥战争，其能力也非常人所及，当然最终经过一段爱恨情仇后都会死得很惨。试问，打日本鬼子若是这么容易，八年浴血抗战还需要付出几千万中国人的生命代价吗？

此外，以黑社会帮派拼杀为主题的影视剧也在不断地亮相。不知这是为了刺激收视率，还是为了传承黑社会所谓的豪情义气？看看现实社会中黑社会的不断滋生以及暴力事件的时有发生，不能说和这些描述了血腥暴力细节的影视剧的启发、影响没有关联。

平心而论，近十年的中国影视剧对我基本没有产生什么大的影响，也更谈不上感动。倒是以前那些简单朴素的黑白片所留下的鲜活的银幕形象，引发了包括我在内的一代代人的深刻思考，有的至今依然被不断翻拍。现在的影视剧没有获得大量的关注和好评，大概是因为孩子不喜欢剧中的暴力，老年人不喜欢剧中的露骨，中年人不喜欢剧中的胡编乱造，而年轻人更喜欢快节奏的综艺，再加上一些原本不具备艺术天赋的演员们的拙劣表演，影视剧就变得更让人厌烦了。

全国这么多影剧院、电视台，每天、每月、每年都需要成规模的影视剧上映，一些创作团队哪还考虑什么艺术魅力，只是为了赶在黄金档期捞上一笔钱就走人。文艺创作需要自由，但不是胡编乱造；影视剧需要百花齐放，但不是放任自流；多元文化需要认同，但不是良莠不齐。如果政府相关部门疏于此类监管，其危害更是后患无穷。奉劝当今一些从事影视制作的人们别太浮躁，静下心来多读书、多思考，提升自身综合素养，多思考影视创作细节，别再闹一些不该闹的笑话。

有人可能会反驳，很多大人物平日都不拘小节，包括生活习惯，言谈举止等。然而，事实并非如此。比如，当年“重庆谈判”期间，烟瘾极大的毛泽东会见蒋介石，得知蒋介石厌恶吸烟，便在长达两个多小时的会谈中一支烟未吸。这件事给了蒋介石极大的震动，由此判断毛泽东是个厉害角色，甚至惧怕毛泽东如此坚强的毅力和意志。

在军事舞台上，细节可以决定战争的胜负；在政治舞台上，细节可以决定社会力量的倾向；在经济舞台上，细节可以决定金钱价值的趋向；在历史舞台上，细节可以决定时代的兴替；在人生舞台上，细节可以决定命运的荣辱。细节决定成败，性格决定命运。只有真正理解这两句话的含义，才能做到自觉排除非理性干扰，注重每一个细节，做好每一件小事，谨慎计划，认真反思，不会因掉入一个小坑，而失去一整个山头。

也谈阿猫阿狗主义

有人把这个世界比喻为万花筒，放眼一瞧，里面五光十色，光怪陆离。这种说法倒也恰如其分。人类历史长河翻滚至今日，世界更精彩了，越来越发达的社会形态颠覆了人们的思维及生活方式。有时候，我甚至发现，一些以往的陋习成为今日的时尚，以往的庸俗成为今日的光荣，以往的谬误成为今日的信条，以往的蛀虫成为今日的弄潮儿。就从阿猫阿狗谈起吧！

曾几何时，我家鼠患成灾，一位好心朋友送来一只小猫，说是可以抓老鼠。这只小猫确实可爱，黄黄的皮毛，像只小老虎。经过我的精心喂养，小黄猫长得又肥又大。有一次，楼里来了一只流浪猫，整整三天寸步不离地守在我家门前。我见其可怜，便把它抱到家中。谁知这是只母猫，而家里的小黄猫是公猫。这下可热闹了，一年多时间里生了十几只小猫。再以后，每一只猫都长得又肥又壮，常常把屋里搞个天翻地覆。

当初我养猫的初衷就是为了治理一下鼠患，谁知，老鼠依然如故，似乎更活跃了。有一天下班，我忽然发现楼道里有只又黑又大的老鼠，见人后并不急于逃窜。我赶紧放出几只猫试试它们的捕鼠能力，可它们瞧见老鼠，不但不兴奋，还无动于衷。转天，我和同事讲起此事，同事说现在的猫根本不逮更不吃老鼠。我寻思自己费了近两年力气养了一群猫，不但不逮老鼠，还把家里搞个乱七八糟，索性就让一位开农场的朋友全拉走了。

转年，女儿的同学又送来两只小狗，一只金毛猎犬，一只萨摩耶。我心想平日家里没人，有了这两只狗足可以看家护院了，于是又耐着性子把它们喂得膘肥体大。可谁知这两只狗见到生人比见到主人还热情，总是摇头摆尾地跑出去迎接，显得亲昵无比。而且，金毛个儿大且灵敏，会用爪子开门，若是来了贼人，它先出去开门迎接，岂不成了“内奸”？我本想把它们送人，可已经养出了感情，有些恋恋不舍，也就随它们去了。

我是一个动物保护主义者，每每看到日本的捕鲸船残杀鲸鱼就恨得牙根疼，看到中国一些小人为了私利活取黑熊胆也会悲愤不已。但同时，我也惊叹人的本事，不但可以改变自己，还可以改变动物的天性。比如，猫为了博得主人的喜爱而整日懒洋洋无所作为，忘记乃至丧失了自己的天性；而狗越喂越馋，见人就摇尾巴，忘记了自己看家护院的职责。这点真让人迷惑不解。

如今人们的日子舒适了，养宠物者日益增多，就连过去的毒蛇猛兽都成了一些人的宠物。美国拳王泰森曾牵着一只宠物老虎在街上散步，而在中国养眼镜蛇、养豺狼虎豹的也是大有人在，阿猫阿狗就更不在话下了。最有趣的是，养宠物是不分贵贱的，富人养，穷人也养。

我所居住的小区，有一位捡垃圾的农村妇女，每次都蹬着三轮车进小区，七八条被她捡来的流浪狗就尾随其后，她翻腾垃圾桶捡垃圾，那群狗则在一旁寻觅吃的，你争我抢，吃得津津有味。富人的宠物狗就不同了，首先是身价高，基本上都是外来纯种，价值可达数十万元乃至上千万元；饮食就更不得了，一天的伙食标准少则几十元，多则上百元。看来，贫富差距不光存在于人与人之间，阿猫阿狗亦如此。

前不久，某电视台安排了一套专题节目，请来一群贵妇人，各自抱着宠物狗，交流给宠物狗减肥的经验，还特意邀请了有关专家进行现场指导。我看罢总有啼笑皆非之感，心想你们多办些如何脱贫致富的节目，交流怎样让贫困地区的穷苦百姓尽快解决温饱问题，还更为实用一些。当然，我们必须承认一个不可回避的现实——这个世界的许多美好都不是为穷人准备的。

过去一提起狗，几乎全是贬义词——癞皮狗、哈巴狗、走狗；狗咬吕洞宾，不识好人心；狗掀帘子，就凭嘴对付；狗仗人势；狗拿耗子多管闲事；狗改不了吃屎；痛打落水狗……现在可不一样了，狗成了宠儿，成了座上宾。看来狗和人一样，一旦碰上好运气，那也是好生了得，这也正应了那句话——一人得道，鸡犬升天。

人 与 狗

古今中外，有关狗对主人忠诚不贰的动人故事不胜枚举，许多故事还被拍成电影，令无数人感动落泪。狗的忠诚有时的确胜过人。狗对主人毫无私心，是真正的忠诚；人则不同，人具有目的性，目的达不到，就该另当别论了。

俗话讲："狗不嫌家贫。"不论你贫穷还是富有，只要养了狗，它绝不会离你而去，会始终不渝地追随着你。许多年前，报上刊登了一条新闻，说农村一位老人养了两条忠犬，老人去世后，一条忠犬绝食而亡，另一条忠犬则在老人坟前趴了数日不肯离去，后来便不知去向。还有一段广为流传的故事，说第二次世界大战时，一位苏联士兵被一位德国军官杀害，若干年后，这位士兵的爱犬在路上发现了那位德国军官，便猛扑过去将其咬死，为主人报了仇。

由于狗对主人是无条件的忠诚，狗的命运便与主人息息相关。遇上好主人，不但衣食无忧，还会有享不尽的“富贵荣华”，可以换上各式各样的衣服，定期到宠物店梳洗打扮，并拥有合法的养犬证，成为名副其实的家庭成员，有的甚至还可以与主人同室而居、同床共枕。而如果成为被主人遗弃的流浪狗，那境地就大相径庭了，只能露宿街头，在垃圾堆寻觅残羹剩饭。最惨的是一旦落入恶人手中，就会遭到虐待甚至是残杀。

近些年，在中国东北、京津、河北以及南方各地，屡屡发生一些民间动物保护组织人士与贩狗团伙的冲突事件，一些政府监管执法部门以缺少法律依据为由，采取折中方式进行调解处理，一般多为贩狗集团取胜。爱心人士极其无奈，有的人自发凑钱，把整车狗买下，再呼吁爱心人士前去领养。实事求是地说，这些命运悲惨的狗大多是被偷盗而来的宠物狗，一些贩狗团伙的“货源”渠道原本就不明朗，确实应当得到严厉禁止。问题是，现在人的事情还管不过来，一些执法者哪还有闲心去管狗的事？

俗话说：“林子大了，什么鸟都有。”中国地广人多，各地饮食习惯也不尽相同。有喜欢吃天上飞的，有喜欢吃地下跑的，有喜欢吃水里游的，有喜欢吃圈里养的，当然也有不少喜欢吃猫、吃狗的。改革开放以来，不少地方为了招商引资，想尽各种招数举办不同的节日活动。若是举办牡丹节、民俗节，倒是可以让人们陶冶情趣，增长知识。如果大办狗肉节、猫肉节，就是另一番情景了，完全不知有何意义。近十年来，广西玉林在每年夏至都会举办荔枝狗肉节，屠夫们当街宰狗，真是狗气熏天，鬼哭狗嚎。很难想象，在这样一种氛围中，食客们如何会有食欲？看来，喜欢这种残忍场面的大有人在。

不少人对举办这样大规模的狗肉节除了愤怒、谴责外，还产生了怀疑，狗毕竟不像猪羊有专供，这成千上万条狗究竟是从哪里来的？官方回答都是由当地农民饲养的，但经调查，这些被端上餐桌的狗，除了全国各地的宠物狗、农村留守家庭的看门狗外，还有部分为流浪狗。试问，偷狗、贩狗是不是违法行为？把不经过食品卫生检验的成千上万条流浪狗送上餐桌是不是违法行为？回答当然是肯定的。可谁承担责任呢？尽管不少法学人士呼吁出台相关法律，不少爱心人士呼吁有关部门禁止狗肉节活动，可结果却收效甚微。

据2007年玉林市疾控中心通报，2002年至2006年11月，玉林市共发生狂犬病338例，患者全部死亡。而且，玉林市每年因狂犬病所造成的直接经济损失达667万元。据《2013年中国狂犬病年会》报告介绍，2012年中国共有狂犬病疫情1425例，广西占232例，居全国首位。这，就是吃狗肉的代价。

人与狗之间，为什么就不能只留下那些忠诚相伴的美好故事呢？

苍蝇猛于虎

可以说，在全世界任何一个国家，不论是什么社会，自设官吏制度以来，还从未听说过没有贪官的。腐败在每一个国家都具有普遍性和受重视性。联合国把每年的12月9日确立为国际反腐败日，在无形中给五花八门的节日、纪念日增添了一道特殊的风景。中国有句老话：“一年清知府，十万雪花银。”这从一个侧面反映出官场追逐私利的真实情景。其实，这原本是众人皆知的不争事实，关键是应该如何约束、抑制官场的腐败，真正让每一位为官者都不想、不敢、不能出现腐败。

当今，中国的反腐风暴越来越猛烈，形成了国内“打虎”、国外“猎狐”

内外并举的反腐形势。“打虎”就不用说了，厅级、部级、副国级，只要是“老虎”，必打无疑；“猎狐”也毫不含糊，有关部门明确表态，“狐”就是跑到天涯海角，也一定缉拿归案。此外，还有“苍蝇”也必须要一块打。这一切显示了我国政府的决心和意志，百姓更是无不称快。

说到老虎、狐狸和苍蝇这几种动物，在卫生环境较差的情况下，苍蝇适应力强，繁殖得快，会形成庞大的群体，危害更广更深，不似老虎、狐狸，虽然难打，但打一个少一个。从医学的角度来看，给人类造成更大危险和严重伤害的是细菌，它比任何凶猛硕大的动物都可怕，而苍蝇正是百万细菌的携带传播者。

据调查显示，超九成官场腐败都是在县域发生的。从反腐的角度来讲，百姓更憎恨“苍蝇”。“苍蝇”既像“老虎”“狐狸”一样鲸吞国家财产，又比“老虎”“狐狸”更为直接地危害百姓。比如，云南省第一人民医院院长王天朝在基础工程建设、医疗设备采购、医生岗位调整等方面以权谋私，收受100套房产、100个车位；广东省东莞市虎门镇金洲社区副主任苏伟良利用职权，在国有土地拍卖等方面为他人牟取利益，收受了上千万元贿赂……

《礼记》曰：“苛政猛于虎。”这成为封建社会历朝历代对百姓横征暴敛、敲骨吸髓的经典概括。而如今，我们可以说“苍蝇猛于虎”——“苍蝇”虽然官职较小，但贪污数额未必比“老虎”少，危害未必比“老虎”轻。实际上，不管是“老虎”“狐狸”，还是“苍蝇”“蝼蚁”，要收反腐全功，贵在坚持不懈，重在万众一心。

“制造”有感

若论制造，中国堪称鼻祖。且不说“四大发明”早已为世界公认，就说青铜器、瓷器、丝绸等，就足以令世界叹为观止了。2015年，江西海昏侯大墓举办考古成果展览，所出土的精美绝伦的西汉文物因丰富无匹而名声大噪，其中的铜火锅更是震撼人心，拉近了古代与现代生活的距离。当然，中国古代伟大的发明创造远不止这些。东汉时期的张衡发明制造了震古烁今的世界上第一台预报地震的仪器——地动仪，世界上第一台用水力推动的大型观察星象的天文仪器——浑天仪，以及世界上最早的飞行器“独飞木雕”；三国时期的蜀汉丞相诸葛亮发明的运输工具木牛流马，被一些研究者视为中国早期机械自动化的代表作……这一件件发明创造，无不体现中国人的无穷智慧和制造才能。

第一次工业革命的爆发，密切加强了世界各地之间的联系，改变了世界的面貌，最终确立了资产阶级对世界的统治地位，率先完成工业革命的英国很快成为世界霸主。以蒸汽机为动力机的机器制造颠覆了人类社会，也增大了中国在制造业等相关领域与世界先进水平的距离。这种距离使中国在贫穷落后中苦苦挣扎了上百年，受尽了列强的欺辱。

新中国成立后，随着第一辆解放牌卡车的下线、第一艘万吨巨轮的下水，中国重新在制造领域爬起来。经过60多年的奋发努力，如今中国终于开启了“中国制造”的全新时代，“中国制造”几乎覆盖全球，并且随着“一带一路”战略的实施，其前景更是不可估量。然而，如何让“中国制造”真正成为中国的一张金字招牌，并始终站在技术制高点，却是一个仍需努力的课题。

中央电视台时常就“中国制造”组织一流精英各抒己见，其忧虑和共识点依然集中在“中国制造”的质量与精细度方面。不得不承认，与发达国家相比，中国的差距依然显而易见。客观讲是起点不同，主观讲当属人为因素，如近几年来因急功近利而制造了泛滥成灾的假冒伪劣产品。

最近，我读了一些有关“德国制造”的文章，从中对“中国制造”有了一些感悟。号称中国最先进的排水系统——山东青岛的城市下水管网，是百年前德国人占领青岛时建造的。如今一些零件需要更换，可当初的生产厂家早已不复存在。青岛相关人员几经寻觅后，一家德国企业给他们发来电子邮件说，根据德国的施工标准，在老化零件周边 3 米范围内可以找到存放零件的小仓库。按此说法，人们找到了小仓库，里面全是用油布包好的备用件，而且依旧光亮如新。100 年前的德国企业就已经具有高标准规范，而 100 年后的德国人依然熟悉此类规范，可见，这种责任意识百年不断。

“德国制造”成功的另一个重要因素是拥有一批高素质的员工。至今，德国还沿袭着职业教育系统中的“学徒制”和半工半读，德国行业工会在约 450 个行业强制规定，劳工必须有学徒经历才能被聘用为正式员工。而且，德国的教育宗旨是使学生成为独立思考的有创新能力的人，从幼儿园开始就让孩子自己动手从事简单的劳动，注重动手能力的培养。总之，“德国制造”提供了企业成长、个人发展的价值观和培养法，并做到了全民覆盖、持之以恒，使每个企业和员工都牢固树立了责任意识，增强了“德国制造”的竞争力。

据有关资料介绍，2008 年全球金融危机爆发以来，欧洲经济深陷债务危机，唯有德国一枝独秀，在七大工业强国中名列第一。我想，这应该是德国人根深蒂固的实业观念造就了德国企业超强的制造能力，从而使德国经济依靠创造具有高附加值的产品走出了泥潭。如今，“德国制造”就是高品质的代名词。在奥迪工厂 1 公里的生产线上，每天可生产 2500 辆车；在慕尼黑机场，几乎每个返程的中国游客都提着一套“双立人”牌锅具，虽然价格是中国同类产品的几十倍。

其实，一个国家的成功做法不可能被简单复制或照搬到另一个国家，但许多经验教训是可以总结和汲取的。一些中国企业在急功近利的社会大环境下，都想以小的投入获取巨额回报，导致屡屡出现质量安全事故，一遇风吹草动便一倒一大片。"中国制造"若想实现做大做强的梦想，必须首先更新观念，改造思想，从点滴做起，并无捷径可走。

真正的强大

中国确实强大。

君不见中国卫星上天，航母入海，动车飞奔，公路上的小轿车比20世纪的自行车还要多，就连收废品的人都能揣着一部手机，而在30年前恐怕连省部级官员都难以拥有一部手机。怪不得一些外国人来到中国后惊异莫名："你们中国怎么会是发展中国家？这太不公平了，你们比一些强国还要强！"的确，若是与三四十年前的中国相比，那真的是天壤之别。

中国的强大似乎还表现在部分人的一夜暴富。在英美诸国需要几代甚至十几代人努力拼搏才能实现的致富梦，有相当一批中国人在短短几年、几十年间就实现了，而研究《资本论》和经济学的人对此怎么也找不出合适的解释，唯一的原因就是改革开放的富民政策造就了这么一群人。

中国果真强大吗？

当我在动车或地铁上望着你推我挤、大声喧哗且时而相互谩骂的人群；当我在电视机前看着节假日期间各个旅游景点中被游客随意扔下的成千上万吨垃圾；当我在自己居住的小区望着居民们任意私搭乱盖的违章建筑；当我透过媒体的曝光看到那么多人在捕杀食用野生动物，尤其忘不了一只小猕猴死前流露出的痛苦、绝望且恐惧的眼神；当我看到千家万户防盗门紧闭却依然挡不住窃贼入室；当我看到一些富人动辄花费百万、千万、上亿元来操办婚礼；当我看到十五六岁的中学生每天上学仍需要爷爷奶奶护送；当我看见行人任意横穿公路，汽车任意占道，司机酒后任意驾车；当我看到众多官员任意贪污腐败，以权谋私；当我看到贫困地区的房屋在经历四五级地震后成了一片废墟……

我忽然觉得中国并不强大，本来挺自豪的情绪也顿时消失殆尽。

悲痛之余，我想起了鲁迅先生，他的真知灼见令我们不得不称道，他的先知先觉令我们不得不敬佩。尤其是他的《药》《阿Q正传》，真可谓把中国人的精神层面剖析得淋漓尽致，迄今为止再没有谁对中国人的认识和理解能达到他那样入骨三分的程度。

在《药》的描写中，一边是革命志士为国家、民族洒血献身，另一边却是民众为了治病去买烈士的人血馒头。而《阿Q正传》把中国人的民族劣根性彰显得淋漓尽致，那些小富即安，没有目标、没有思想、没有信仰，丧失精神意志，满足于自我安慰、自我陶醉，至死也没搞明白为何而死的悲剧人物，始终在我们眼前游荡。

这还不算最可悲，最可悲的是这样的人群还一直在繁衍生息——在中国开始改革开放之后，一边是有识之士为了社会发展、国家富强而积极拼搏，另一边却是自私自利之人在贪污腐化，侵吞国家财富，制造假冒伪劣产品坑害国人，把大量财富转移到国外，同时还有一批民众满足于温饱问题的解决，什么理想、信念、追求早就抛到九霄云外，完全陶醉在一种自我安慰中。

中国曾有过强大。时至今日，第一次实现中国大一统的秦朝的依法治国理念、中央集权统治架构以及财政、文字等国家意识形态及行为仍然被沿革，万里长城依然以它独特的魅力吸引着全世界的眼光。

遗憾的是，中国几千年来在不断的强大中伴随着不断的衰落，有时还遭受了一些弹丸小国的入侵，并曾由一个强大先进的国家变成一个贫穷落后的国家，甚至沦为半殖民地。当我们今日高喊为实现中华民族伟大复兴而奋斗的时候，难道不应该好好研究一下这些历史，深深反思是什么原因让中国从强大一次次走向衰败？

姑且不论远的，就说清朝晚期，当英国人把新研制的火炮、毛瑟枪作为贡品献给清王朝时，清朝官员不去研究这些武器的使用价值，而是当作玩具藏在圆明园的仓库中，直到火烧圆明园时才被侵略者发现居然原封未动地放在那儿，这令他们百思不得其解。试想，若是清朝军队用这样的武器抵抗，八国联军区区几千人的队伍如何能入侵中国，把太后、皇帝、大臣像赶鸭子似的赶得乱跑？

再说中日海战。中国的北洋舰队号称一流，可那些管带大都在驻地修建豪宅，金屋藏娇，花天酒地，再好的军舰放在这样一批人手中，也无法发挥威力，怎能不被具有武士道精神的日本海军消灭？更何况已经兵临城下了，慈禧太后等辈却挪用购买军舰的银子修园子过寿。上上下下一片颓势，怎能不割地赔款当亡国奴？

其实，一个国家的真正强大必须有精神层面的支撑。也就是说，只有当每一个中国人都具有高尚的情操，深刻的思想，良好的自身素质，在社会的每一个角落，再也看不到一些陋习恶行，各类丑恶现象一扫而光，社会财富极大丰富，人民觉悟极大提高，社会文明与进步落实在日常生活中的时候，人们才会看见一个真正强大的中国。

强与弱的辩证法

当今世界，真理似乎变得扑朔迷离了。昨天的真理成了今日的谬误，或许，今日的谬误又会成为明天的真理。“真理和谬误只有一步之遥。”这句名言含有辩证法的元素，而辩证法告诉人们一个最简单的道理——有阴必有阳，有正必有负。

对于如今的“落后就要挨打”论，我有着不同的理解。因为，先进也会挨打，唯一的区别是结果不同。强与弱，正是事物在发展过程中相互转化的一个过程。在有文字记载的人类历史长河中，大量的事实都验证了这个过程。

众所周知，清朝的北洋水师和俄国的庞大舰队在当时并不落后，可照样被日本海军打败。在第二次世界大战中，英国、法国并不落后，却照样成为德国法西斯攻打和占领的目标；即使强大如美国，其珍珠港也照样遭到日本的毁灭性突袭；苏联在十月革命后，经过 20 多年的发展，在世界上也已称雄一方，却依然没能摆脱纳粹入侵，乃至为之付出几千万生命的代价……

纵观新中国 60 多年的历史，较之旧中国可谓天翻地覆，可也同样遭受过实力远不及自身的他国的伤害——20 世纪 50 年代印度的无理挑衅，70 年代末越南的滋事，90 年代科索沃战争期间驻南大使馆的被炸，甚至如今包括钓鱼岛在内的几十座岛礁还在被日本、越南、菲律宾等国强占，印度等国仍侵占着中国的某些地区且颇有穷兵黩武之势。

其实，中国不论是国力还是军力，实力都已不算落后了，虽然还站在发展中国家行列，但在世界上也算为数不多的大国。如今的中国已非昔日所能比，可为什么一些弹丸小国敢屡屡向中国挑衅呢？这不得不引起我们的深思。

按常理讲，一个国家落后而挨打是可以理解的，因为这个世界自古就是弱肉强食，总有一些邪恶势力以强凌弱。但如果一个强国挨打就另当别论了，你已经富强了，人家却不拿你当一回事，这口气确实不好咽。

可问题的实质是，以什么衡量强与弱？城市到处是高楼大厦，人们都穿着漂亮衣服、开着高级车，一餐消费上万元，难道这就是强吗？

在我看来，强的标志是一个民族的精神得到传承，一个民族的文化和个性得到彰显，一个民族的斗志得到发扬，一个民族的综合素质得到纯粹的提高，一个民族的激情得到充分的释放。否则，即使有了经济实力，也是不堪一击，软弱无力。甭说强国，就是弱国也照样敢来挑衅。

当年的满清军队已经配上了洋枪、洋炮，可一遇到用洋枪、洋炮的洋人却作鸟兽散。如果腐败的满清有一点义和团的斗志，圆明园岂能被焚？义和团不过是民间的自发武装，多用大刀、长矛，却照样把八国联军打得心惊肉跳。

1931 年的“九一八”事变中，东北军曾有数百架飞机，士兵也多配有德国的先进武器，如果全力迎战抗击，就能把几千入侵日寇炸成烂泥，可他们只会逃跑，几百架飞机和东三省大片国土全部落入敌手。

而当日本关东军把魔爪伸向苏联时，英勇的苏联红军在诺门坎把日寇的魔爪彻底斩断，消灭了几万关东军，使日本再不敢北进，从而转为南进。

……

我之所以列出这些老生常谈的事件，就是想让人们明白，面对歌舞升平、纸醉金迷的世界，不可以为这就是太平盛世，一定要保持清醒，认清危险永远是存在的，而且可怕的危险往往来自自身。当一个民族的精神变得颓废，没了信念和信仰，这个民族不可能强大，真的危险也会悄然而至。

“弱国无外交”论也是如此道理。是国家就会有外交，而不分强弱。新中国成立初期，应该说中国并不强大，与发达国家相比仍属于弱国。可中国按照“三个世界”理论，坚持独立自主外交、和平共处五项原则，在毛泽东、周恩来等老一辈革命家的引领下，以亚非拉为突破口，取得外交工作的辉煌成绩，乃至美国等强国都向中国抛出橄榄枝。那是以弱胜强吗？其实，那是以强胜强，这个强就是新中国的精神和意志之强。怎能说弱国无外交呢？

至此，我们可以这样理解，“落后就要挨打”论也罢，“弱国无外交”论也好，都是一种传统理念，也是百年来人们对强权政治与霸权主义的一种担忧。的确，在这个弱肉强食的世界上，恃强凌弱而造成的人间悲剧实在是太多了。但是，善良的人们必须有一种清醒的意识——在这个世界上，正义与公平是主宰者，而绝不是邪恶与霸权。

我崇尚孟子的豪言壮语：“富贵不能淫，贫贱不能移，威武不能屈。”即使是一个小国，在世界舞台上也应挺起腰板，无所畏惧。因为这是一个国家、一个民族的尊严，切不可“民不畏死而以死惧之”，一旦软弱，“纸老虎”就有可能变成“铁老虎”了。

也谈意识形态

意识形态属于上层建筑，是人类对于世界和社会的独特见解。可以说，人类意识形态的产生、形成是从对神的迷信与崇拜开始的，从远古时期的文字符号及图腾标志中不难看出人类意识形态的萌芽。

在人类社会的文明发展史中，意识形态在不断觉醒、成熟，也在不断扭曲、抗争。哥白尼的太阳系学说结束了上帝创造、主宰世界的宗教意识，改变了人们的宇宙观，使人类逐步意识到地球不过是浩瀚宇宙中的一颗普通行星。而马克思主义的阶级学说又让意识形态变得更加鲜明，使人类明白了社会矛盾对立统一的法则。当物质决定精神、存在决定意识的物质观被人类接受，意识形态就形成全新的思想理念，支配着人类的信仰与理想。

人类之所以能主宰世界，与地球上其他动物不同，就在于人类有思想、有理想、有追求。正如黑格尔所讲："即使是恶棍的犯罪思想，也要比天上的一切奇迹更为崇高而辉煌。"几千年来，全世界的劳苦大众，甚至封建君主时代的奴隶阶层，即使遭受再多的苦难，依然对自己的信仰笃信不移，虽然神灵并不曾将他们拯救，可他们依然对自己心中的神灵五体投地。或许这就是意识形态的魅力。从另一个角度看，人类丧失了意识形态，生命也就失去了意义。

人类坚信物质不灭，但也需要接受意识形态的支配。如今，科学技术的迅猛发展，使人类有了全新的认知和理念，但在意识形态领域仍存在着百年千年的固守。孔子思想诞生 2000 多年了，至今仍在影响着中国人的思维及行为。不同国家、民族的宗教信仰也同样如此。而许多宗教极端分子置现实世界于不顾，宁愿为看不见摸不着的精神寄托献身，恰恰是意识形态作为一种精神对物质世界的反作用力。

意识形态对人类社会的对立、统一发展起着重要的作用。有人说当今世界其实是意识形态之争，无论是国与国、民族与民族，其血腥的杀戮或残酷的战争，无不与意识形态相关，物质反而不是主要原因。

就说举世闻名的诺贝尔奖，是专为在物理、化学、生理或医学、文学、和平五个领域做出重大贡献的伟大人物而设立的奖项及基金，目的是促进人类的和谐与进步。然而，人类社会的意识形态开始发生扭曲与抗争，加之公平正义得不到伸张，这个奖项逐渐失去其崇高的意义。比如，诺贝尔和平奖应该颁发给为世界和平做出实际贡献的人，可最近获此殊荣的竟是一些带来争端的人物——美国的奥巴马、中国的达赖。而诺贝尔文学奖也同样名不副实，要不授予那些具有顽固西方意识形态之人，要不授予那些大肆丑化、仇视自己国家民族而赞美西方意识形态之人。

以美国为首的西方世界推崇自由，可他们的自由建立在西方意识形态之上，而且秉承的是“顺我者昌，逆我者亡”的原则。热爱自己国家民族之人，在他们眼里就是被洗脑的罪人；背叛自己国家民族之人，在他们眼里就是民主斗士；反对共产主义思想、社会主义制度之人，在他们眼里就是英雄。就连那些靠骗术起家的邪教分子，因贪污受贿、杀人放火而逃逸的犯罪分子，在美国也照样能得到支持、肯定和政治庇护。这就是西方人的意识形态——被扭曲的意识形态。

特别需要指出的是，受多元文化思想的影响，许多人忽视了正确的意识形态在一个国家和民族发展过程中的重要作用，从而导致国民思想混乱，甚至出现信仰危机。与此同时，西方意识形态却无时无刻不从各个角度渗透，不少国家的分崩离析与纷乱不堪无不与此相关。这难道不应引起人们足够的重视吗？

互联网 + 什么

当今世界已经进入互联网时代，但当五大洲 120 多个国家的代表参加中国浙江乌镇第二届世界互联网大会的时候；当中国已有 400 万家网站、近 7 亿网民、13 亿手机用户，每天产生 300 亿条信息，互联网经济占 GDP 的 7%，超过美国的时候；当互联网改变了人们的思维和生活方式，人类社会正在为共建网络空间命运共同体进行创新思考的时候……人们方才真的意识到，互联网是一场新的技术革命，更是一场新的社会革命，它把全球千家万户紧密连接在一起，人类社会活动的全部内容都可以足不出户地完成。

20世纪60年代末，外国人发明了互联网，而中国人在2015年适时提出了“互联网+”的新概念，将进一步对互联网的作用进行融合创新，发展壮大新兴业态，打造新的产业增长点。无论是政府审批还是金融交易，无论是花钱购物还是求医问药，无论是风土人情还是教学科研，无不被掌控包揽在互联网之中。大千世界，包罗万象，以往想象或梦想的神话世界如今通过互联网的形式，成为触手可及的现实。

当然，世间万物有一利便有一弊。当人类欢呼互联网时代到来的时候，也在为互联网带来的高科技犯罪而烦恼。“互联网+”的确把各类生产要素都优化集成在一起，但同时也不可避免地把各类罪恶、陷阱也加了进来。利用互联网套取他人银行账户资金，实施网络诈骗，建立色情暴力犯罪站点等，早已不是什么新闻，而且“互联网+犯罪”的花样越来越繁多，犯罪方法也在不断升级。如今，通过互联网可以买卖毒品，可以走私军火，可以贩卖假药，可以出售假证，可以传授犯罪方法，各类恐怖组织甚至通过互联网招募成员入伙。不得不承认的是，互联网的即时性和匿名性又为打击犯罪增加了难度。

2015年8月21日，震惊一时的微视传媒涉嫌新型网络传销案，终于被江苏省盱眙县法院以组织、领导传销罪，判处各犯罪人员一年零八个月至六年零六个月不等的有期徒刑，并处以相应罚金。这些犯罪人员原本是一群朝气蓬勃的社会青年，有刚毕业的大学生，有社会经验丰富的创业者，却为了一夜暴富，铤而走险，通过境内外相互牵连，以互联网为媒介，举办各类奖励活动，以假乱真，迷惑众多参与者，使全国5万多人受害，涉案资金达4.5亿元人民币。可怕的是，相对于这些庞大的受害人群和涉案资金，犯罪团伙却只有10多个人，罚金加起来也不过百万元。仅仅是通过一个互联网，就可以把犯罪之网铺得如此之广、如此之深!

当然，互联网正如一辆车，本身是工具，可以为任何人所用。如果一辆车由正常人驾驶，它就是一个方便的代步工具；如果为犯罪分子所驶，就会成为犯罪工具。互联网正如金钱一样，并非都是罪恶的，它可以改变人的生活，可以让地狱变为天堂，当然也可让天堂变为地狱，关键要看在谁的手中如何使用。

当年，人类发明核武器的时候，并不知道将来应该如何抑制它；发明互联网的时候，同样不知当它把世间万物统统加进来后应该如何应对。但愿“互联网 + 智慧”能尽快找出对付“互联网 + 罪恶”的办法，但愿“互联网 +”，加的是美好与和谐。

幸福与梦想

自从“中国梦”在世界唱响，“梦想”这个词便在中华大地各个角落生根发芽。走遍大江南北，随处可听到“梦想”的呼声。无论男女老幼，无论乡村城镇，全都在为梦想而陶醉，为梦想而梦想。然而，当今的“中国梦”，可绝不是一般意义的梦想，而是一种境界，一种追求，一种信念，一种责任，更是实现中华民族伟大复兴的崇高理想。这绝不是虚伪的、可望而不可即的，而是随着时代的向前、社会的发展，一定会实现的宏伟目标。

2012 年年末，某电视台的一位女记者拿着话筒到大街上逢人便问：“你幸福吗？”弄得路人挺不自然，有的竟一时不知怎么回答。明知她是位记者，又是一位女性，不回答似乎不礼貌，回答又不知如何谈起，更何况每个人彼时的心境不同。不过，有的被采访者还是很客气地回答了她的提问，说：“我幸福呀！有吃有喝，有固定收入，能不幸福吗？”后来的被采访者也大都回答此类较为纯朴的话。其实，电视台策划这个节目本身就缺乏对社会的认识和了解。后来，电视台仿佛发现这个采访节目没有多大意义，也就没了下回分解。

后来，又有一位女记者来到闹市逢人便问：“你的梦想是什么？”这同样使被采访者不知所措，不知应该如何回答才能让她满意。一位农民工说：“我的梦想是在北京买套大别墅。”女记者马上追问：“能实现吗？”这足见一些新闻媒体人的采访素养了——明知不能实现还要追问，这不是空耗别人的时间吗？还有一位小女孩回答说自己的梦想是想飞，女记者尴尬得不知如何接话，显然，这不是电视台所需要的“正确答案”。这样的新闻采访显得矫揉造作，硬是把一些抽象的理念拿出来当具体事物在大庭广众下作秀，既愚弄了被采访者，愚弄了观众，也愚弄了自己，搞得大家都很尴尬。

先说幸福。幸福是和人生观紧密相连的。鲁迅先生曾说过：“喜怒哀乐，人之情也；然而，穷人绝无开交易所折本的懊恼，煤油大王哪知北京捡煤渣老婆子的辛酸，灾区的饥民大约总不会去看兰花，像富人的老太爷一样，贾府上的焦大也不爱林妹子的。”也就是说，人们的悲欢并不相通。

如果问一位千万富翁：“你幸福吗？”按说他腰缠万贯应该幸福，可他刚刚投进股市800万元，半年只剩200万元，他能觉得幸福吗？如果问马路边一位乞丐：“你幸福吗？”正好他刚碰上一位善人给了他一张百元大钞，他肯定会回答：“我太幸福了，今天碰到财神爷了！”

如果问我：“你幸福吗？”那我会回答我的真实想法：当我看到我们许多国土岛礁还在被外国人强占，我不幸福；当我看到这么多贪官污吏吞噬改革开放的成果，把大量资金转移到国外，我不幸福；当我看到这么多垃圾食品融入我们的日常饮食中，雾霾、沙尘总是不断袭扰我们的生活环境，我不幸福；当我看到我们的下一代正在失去理想信念，而渐渐成为没有精神支柱的一代，我不幸福；当我看到物价不断上涨，房价飞天，我不幸福……

再说梦想。梦想是一种精神方面的寄托和向往。有一个穷光蛋捡了一个鸡蛋后，对他老婆说："我把这个鸡蛋孵成鸡，鸡再下蛋，蛋再孵鸡，若干年后我可就发财了，那时再娶房小老婆！"他老婆一气之下把鸡蛋摔了，穷光蛋的"梦想"也随之破灭了。可见，梦想不是空想，不是幻想，这个世界上绝不会有天上掉馅饼、心想事成的神话。

生活在这个世界上的每一个人都有自己的梦想，梦想可以使人对生活充满美好的憧憬，但切记不能就此陶醉于不切实际的梦境之中。《国际歌》中有段歌词唱出了人生的真谛："从来就没有什么救世主，也不靠神仙皇帝，要创造人类的幸福，全靠我们自己。"的确，只有春天的辛勤耕耘，才会有秋天的丰硕果实。

习近平总书记强调，"中国梦"是民族梦，也是每个中国人的梦，实现中华民族复兴的"中国梦"，必须坚持中国道路、弘扬中国精神、凝聚中国力量，努力奋斗才能梦想成真。因此，当今主流媒体应该在励志、信念、理想方面多做些正确引导，切不可把"中国梦"的伟大内涵庸俗化，否则将是误国误民。

想——壮士凌云；干——脚踏实地。这或许是对幸福与梦想的最好诠释。

梁上君子的困扰

研究过历史的人都知道一个最简单的道理，那就是看一个朝代是不是太平盛世，首先要看这个朝代是不是夜不闭户，路不拾遗，高枕无忧也。如今，一些歌手大唱迎来盛世享太平，可是你出门时却提心吊胆：害怕自己坐车钱包被偷，害怕家中无人而被盗，害怕夜间行走遇上流氓，害怕在产房刚出生的婴儿被人偷走，害怕光天化日之下肩上的挎包被人抢走……这些社会上不断发生的真实事件总是在无形中爬上你的心头，不停地暗示着你需要小心、小心再小心时，你会觉得自己生活在“莺花无限日高眠”的太平盛世吗?

我刚参加工作时，我的一位师傅给我讲了发生在他身上的一件事。1958年，他去参加义务劳动，完工后和几位同事去办别的事情，结果把当时比较少见的自行车忘在那儿了，而且没上锁。当他想起来赶到摆放自行车的地方寻找时，已经是3天之后了，但那辆没上锁的自行车依然在那完好无损地停放着。我不敢想这件事发生在现在会是什么结局。

就拿我自己来说，我是一个比较细致、警惕性较高的人，即便如此，我曾在20年前先后丢过4辆自行车，近来还被盗贼在大白天入室偷去上万元财物，在公交车上被偷去手机和钱包，当然也免不了稀里糊涂地遭受了电信诈骗之灾。

小时候，我们家老少三代人住在一处临街的老平房里，房子的窗户很多，但没有玻璃，只是在窗棂上糊着白色的、薄薄的窗纸，时间一久，窗纸就呈现出灰黄色，可大人们谁也不去换新的，只有在年节临近时，才打好糨糊进行更换。就是这样的一处老屋，直到20世纪60年代初搬迁前，竟从没有一次被盗。

父亲说，老屋只有在抗日战争年代被日本人占领时，被抗日武装人员割去了房檐上边的一条电话线，后来日本宪兵还因此把大伯抓去拷问了一日。20世纪60年代初节粮度荒的时候，饥饿滋生了一批掠食者，你买块切糕在手中托着，就会有饿汉猛地从你身后蹿出来把切糕抢走，先往切糕上吐口唾沫，然后大吃大嚼。遇上这种情况，人们一般不会责骂，因为都知道是饥饿导致的。那时，社会上还滋生了不少偷鸡贼。有一天，几个陌生人在老屋对面的鸡窝旁抽烟闲聊，父亲发现后明白这几位不速之客的用意，便走上前去请他们喝茶，几人见父亲非同一般，即刻表示歉意，而后扬长而去，从那时起家中真的从未丢过一只鸡。

由此说来，梁上君子也不都是丧尽天良之人。《水浒传》中的“鼓上蚤”时迁，原本是鸡鸣狗盗之辈，因为在祝家庄偷吃了人家报晓的雄鸡而惹下不小的麻烦，但他的一技之长也为梁山泊所需，最终列入一百单八将，成为英雄好汉。美国小说家杰克·伦敦曾经坐过牢，认识了不少小偷，并从他们身上获取了不少素材，为以后的文学创作提供了灵感源泉。

据说，过去江湖上有个不成文的规矩：梁上君子有“三不偷”，即教书先生不偷，因为他们教书育人，赚钱不易；二是妓女不偷，因为那是卖身的钱；三是寡妇的钱不偷，因为孤儿寡母日子可怜。而必偷的有两种人，一是当官的，二是有钱人。现在看来，这些规矩早被打破了，谁还管你是哪一类人，得机会就偷，该出手时就出手。前几日，给我亲戚家打工的一位山西农民，居然在北京南站被人偷走了口袋里仅有的200元。看来，社会伦理道德要是出了问题，哪行哪业都不讲规矩了。前些年的《天下无贼》等文学影视作品，对梁上君子进行了艺术加工或渲染，人们看着也别有情趣。可是，一旦回到现实生活中，谁丢了钱财不感到生气、别扭呢？

2013年日本申奥成功，有人说其中一个原因是请了日法混血美女主播泷川雅美作为申奥大使，她充满魅力的演讲博得了评委们的青睐，而其中一个承诺更令人心动：日本是一个拾金不昧的国家，任何一个外国人在日本丢了钱包，都会被原封不动地归还。我一向对日本没有好感，可这件事确实让我产生了几分疑惑，这难道是真的？一个在战争中丧心病狂的国家居然也能有这么好的社会风气？反观我们现在的社会，是不是我们在某些事情上出了问题？

中国式贵族

所谓“贵族”，在一部分国人眼中不过是指有钱人。不过，“贵族”这个词在中国并不大常用，旧社会时一般管有钱人叫财主、东家之类，叫贵族总感觉有些洋味，听起来别扭。新中国成立后，尤其是到了“文化大革命”那会儿，有钱人在填成分时都要尽量隐瞒，地主填上“中农”，资本家填上“小业主”；在学校，如果哪个同学说另一个同学是资本家或地主出身，那就是骂这个同学，甚至是给这个同学泼脏水，一些有钱人甚至吓得把祖辈积攒的黄金白银偷偷地往河沟、下水道里扔。

时过境迁，今非昔比，如今私有财产受法律保护，谁有钱谁就被人瞧得起，就是自称坐拥几千亿元也无所畏惧。有钱人似乎形成了阶层，不少有头有脸的还上了世界富豪榜，和世界巨富一比雌雄。

中国是从农业国脱胎换骨过来的，至今在13亿人中仍有9亿多农民，因此整个社会不可避免地仍存有小农意识，在一般人眼中，千万、亿万富翁就可谓之贵族。有相当一批有钱人也把自己视为贵族，而且过起比贵族还贵族的生活来了。

比如，这些年不断有媒体报道，某某影星在法国电影节身着数十万元的衣裳，佩戴数百万元的首饰闪亮登场；某某明星一场婚礼耗资上亿元；某某老板家财万贯，购买了私人飞机；某某名人一套别墅价值数亿元……有关这些所谓的“中国式贵族”的新闻爆料层出不穷，真是不胜枚举。

这么看来，中国式贵族似乎不健全，或是缺了点什么。

俄国的列夫·托尔斯泰是一位真正的贵族，尽管他把全部家产都分给了穷人。他在《战争与和平》一书中，描绘了一位叫皮埃尔的很可爱的大贵族，当拿破仑军队入侵时，皮埃尔竟置亿万家财和宝贵生命于不顾，像士兵一样拿起枪，投入抗击法军的战斗中。

在第一次世界大战中，英国有600多万成年男性奔赴战场，死亡率为12.5%，而英国著名贵族学校伊顿公学的参战贵族子弟的死亡率高达45%。按常理，英国贵族大多担任军官，为什么死亡率反而远高于一般士兵呢？答案很简单，因为他们总是冲锋在前，撤退在后。对于他们来说，责任和荣誉比生命还重要。

诺贝尔将巨额资财用作奖金，比尔·盖茨也将自己数百亿美元资产捐给了社会公益事业。法国的玛丽王后在法国大革命中被判了死刑，上绞刑架时不小心踩了刽子手的脚，立刻轻声说："对不起。"时隔两个多世纪，不知今日中国有无这样的贵族？

在快速发展的中国社会，有些有钱人本来就是靠并不怎么光明正大的手段一夜暴富，或是靠国家在发展过程中存在的管理缺陷而投机取巧，或是靠官商勾结而鲸吞国家资源……而不是靠几代人的知识与资本积累。如此造就的贵族能是贵族吗？除了包二奶、养小三，买名车、购豪宅，肆意挥霍、炫富讽穷，引发了社会的仇富心理之外，这些中国式贵族还能带来什么呢？

名副其实的贵族应该具有贵族的品质及风度，这其中应包括高雅的气质举止、良好的教养、健康的情感、慈悲的内心和忧国忧民的情怀。这样的贵族，当国家有难时，能够挺身而出；当社会出现邪恶时，能够匡扶正义；当民众生活贫苦时，能够引领大家脱贫致富，身体力行地履行社会责任与公德，促进社会的文明与进步。

孔子说："君子喻于义，小人喻于利。"贵族最起码要做君子，只图钱财富贵，岂不小人也？讲到此，我不由得想起学生时代读过的法国喜剧作家莫里哀的喜剧《醉心于贵族的小市民》。我以为，中国式贵族不是贵族，而正是那样一批小市民。

炫富与哭穷

道家提倡“无为”，讲究“小隐隐于野，中隐隐于市，大隐隐于朝”。无论在官场、商界乃至整个社会，这种思想都是弥足珍贵的。然而，并非每个人都能真正理解其内涵，这也恰恰是社会上成功者少、失败者多的重要缘故。

改革开放初期，少数人先富裕了起来，其中有些人在大鱼大虾面前，忘记自己祖祖辈辈吃窝头咸菜度日的艰辛，开始炫富，买名表、穿名衣、开名车，摆出一副阔老板的派头。正可谓乍穿新鞋高抬脚，生怕别人瞧不见。有一年，两位乍富者在一家酒店发生矛盾，竟以往大街上扔钱的方式相互叫板，吸引了众多围观者，当然还有不少捡钱者。此事曾传播一时，令不少人心生感慨与鄙视。

如今，不少中国人的确会赚钱、会存钱，但不得不承认，也有一些人会糟蹋钱。家里娶媳妇、嫁闺女，必然大操大办，摆个十桌八桌不过瘾，得摆个几十桌、上百桌，以显示自己有钱有势，至于婚后能维持多久就另当别论了。还有不少明星艺人为证明自己的实力，不惜花费上亿元举办婚礼，非要和英国王子一决高下，各路媒体也跟着瞎起哄，竞相跟踪报道。殊不知，这种无聊而低俗的炫富所带来的后果只能是激发仇富情绪，引发社会矛盾。

当然，社会上还存在着一批哭穷者。哭穷者有多种类型，有的是真穷，穷到沿街乞讨的程度；有的是装穷，怕别人借债或算计自己的财产，给自己招来横祸。比如，很多欧洲人认为犹太人吝啬，可世界上最有钱的是犹太人；中国民间传闻山西人抠门，可中国过去的大银号都是山西人开的。天下诸多灾祸原本就是由金钱引起的，再穷凶极恶的强盗也不会绑架乞丐，只会从富人下手“吃大户”。

其实，如今有钱人多，穷人更多。这个世界从诞生之日起即如此，社会矛盾更是由贫与富所引起。虽然众多政治家无不在施政纲领中表明造福于民的理念与措施，可真正做起来就要另当别论了。这个世界很精彩，这个世界很无奈。这个世界之所以有这么多派别的宗教信仰，不外乎是让人类多些精神支撑，以摆脱内心的痛苦，使被压抑的情绪在神灵世界中得到慰藉及释然。

当物质满足不了基本的需求，人们肯定会从精神层面寻求支点，而同时失去物质与精神，就意味着死亡。全世界都有的一个共识是，许多伟大的天才都是生时贫穷，死后成名。然而，这个世界上许多伟大的贡献，恰恰是由这样一批精神财富富足而物质生活非常贫穷的人做出的。看来贫穷也不都是坏事，穷则思变。法国大作家巴尔扎克一生为债务所迫，不得不玩命地写作，靠稿酬偿还债务，最终完成了《人间喜剧》这部不朽之作；奥地利作曲家舒伯特在饥饿难忍之时，用自己后来被誉为“歌曲之王”的《小夜曲》，从餐馆老板手中换回几个土豆充饥；国画大师齐白石曾用一幅大白菜国画换小商贩的一车大白菜，但遭到了小商贩的拒绝，后来便被传为京城笑谈。

从哲学的法则来讲，事物既有统一性又有对立性，当人们意识到穷日子不好过而追求富贵时，各种邪门歪道也就会“各显神通”。贪污受贿，坑蒙拐骗，巧取豪夺，鸡鸣狗盗纷纷出笼，就似潘多拉盒子一下把魔鬼全放了出来。有多少高官富贾，仅为追求富贵而见利忘义，最终倾家荡产，身陷囹圄，甚至赔上了性命。

炫富与哭穷都有各自的奥妙。最好的方法还是掌握好其中的度，不偏不倚，取中庸之道，方可平衡好各方关系，实现“无为而治”。孔子提倡君子安贫乐道，孟子也讲过富贵不能淫，贫贱不能移，威武不能屈。如果当不成富翁，就做个精神贵族吧！毕竟这样是安然且充实的。活得踏实，才是最愉悦的现实。

义与利的较量

孔子说：“君子喻于义，小人喻于利。”有人说这是个物欲横流的社会，若是按照这个标准，当今世界几乎全是小人了，因为无论达官贵人还是平头百姓，有几个不是在追名逐利？正所谓：“天下熙熙，皆为利来。”其实，也不尽然。

近日，媒体介绍了一位痛失爱子的老人向社会捐献爱子遗体器官的感人事迹，这次器官捐献可以给5位患者带来人生的希望。这绝不是个例，类似感人的事例在社会各层面均有不同的体现。正是这样一批大仁大义之士，使人们透过浑浊不堪看到了清澈纯洁，透过贪婪无度看到了清心寡欲，燃起了人们心中对社会的希望和大爱的火花。

然而，崇高而伟大的精神只能激励和感染君子，小人则不然，他们信奉的是“活着就要及时行乐，死后哪管他洪水滔天”，只要有利可图，能够满足其私欲，就敢出卖良心，无视道德，以身试法。如果周游神州大地，就会发现很多山川河流、森林大地早已被糟蹋得面目全非。从五百里滇池至天下闻名的鄱阳湖、千岛湖、呼伦湖，几乎全被污染。虽然各地的百姓看着心疼，四处举报，但因一些地方政府的官僚腐败和不作为而没人搭理，污水照排。有人还曾对中国的农村田地做过调查，发现因为缺少指导和监管，深埋在地里的塑料薄膜几百年都清除不净。

与此形成鲜明对比的是，西部地区一位普通农民为了治沙，率众坚守沙漠25年，整整种了2万多亩树，森林覆盖达5000多平方公里；天津有位白先礼老爷子，把自己蹬三轮车赚的钱，连续数年捐给贫困学生；新疆库尔班大叔用卖羊肉串的钱资助穷学生和公益事业；宁波一位匿名慈善家已默默无闻地为社会慈善事业捐了数百万元……

说实话，我并不赞同生活原本不富裕的人挤出钱来捐助别人，尤其是在教育方面。教育本应由政府出资，如建起贫困地区的希望小学，资助品行兼优的贫困孩子上学。正是由于这些措施没有做到位，才会涌现出大量忧国忧民之士，以自己的微薄之力为社会做出奉献。有不少人对一些老年人省吃俭用存钱捐给社会表示不解，甚至怀疑这些老年人是不是精神不正常。其实，不是他们不正常，而是社会不正常。

我在少年时，曾听老辈人讲过一段故事。有位父亲死前留给自己不孝的儿子一个木盒，叮嘱他在自己死后方可打开。父亲去世后，那个不孝的儿子打开木盒，发现里面只有一个碗。他很是奇怪，以为是什么宝物，便找高人请教。高人说："你父亲知道他死后你得讨饭，所以给你留了个讨饭碗。"这个故事告诫人们，败家子是多么可怜又可憎。

许多人在义与利的内在或外部较量中非常茫然、困惑，有些人需要吃药，而有些人却是无药可医了。前文所说的那些见利忘义之辈，不正是这样一群无药可医的败家子吗？为了自己的苟且偷安，任意毁坏老祖宗留下的大好河山；为了图一时快活安逸，便置国家百年大业于不顾，其结局可想而知。

假　货

当今最令人头疼不安的是什么？有人会说是贪污腐化、贫富差距、信仰缺失、房价昂贵等，但集中点还是两个字——假货。假货充斥在人们生活的各个角落：假药、假酒、假烟、假食品、假服装、假家具、假珠宝、假文物、假论文、假证书、假专家、假大师、假新闻、假广告、假人民币……有关部门在“3 · 15”等几个时段对假冒伪劣产品进行集中打击，民间甚至还涌现出一批打假斗士，可假货却越打越多。究竟为何假货泛滥，人们心里都有个问号。

其实，假货并非中国人的专利。许多年前，父亲曾给我讲述过一段家事，那是我第一次听说“假货”这个词。

第一次世界大战期间，中国派了大量劳工前往法国等国，我的舅爷就是其中之一。据说因残酷的战事，法国能动的男人全都上前线了，家中尽是些老弱妇孺，于是法国政府允许中国劳工多娶几个法国老婆为他们生儿育女。舅爷就曾娶过 3 个法国老婆。

战争结束后，法国政府不允许回国的中国劳工带走老婆、孩子和法郎，但会提供一批珍贵的钻石，让中国劳工用法郎兑换后携带回国。劳工们知道钻石珍贵，而且兑换的价格又便宜，便纷纷兑换。

舅爷回到家后，把钻石拿到珠宝店去卖。然而，钻石被珠宝店掌柜放进煮沸的开水后，顷刻便溶解为一粒粒小石子。可怜几年的辛苦付之东流，真是竹篮打水一场空。舅爷从此患了一场大病，不久就撒手人寰。

这个真实的“假货”事件牢牢印在我的心中。其实，除了法国的假钻石，还有越南河内大街小巷中小商小贩兜售的假香水，而日本仿制的假金币连银行的货币专家都无法鉴别真伪……所不同的是，国外的假货不像中国这么普遍罢了。

国内外对假货的打击力度也不同。法国一位女士用一个洗涤用品洗发，把满头金发全洗掉了，后经法院裁决，判处这家洗涤用品厂家赔偿这位女士 200 万美元。200 万元的赔偿金额在中国重案中都很少见，更何况是赔偿美元。迄今为止，我没听说过有哪些造假者被罚个倾家荡产，也没听说过有哪些造假者被判个十年八年，一辈子翻不过身来。我想，这或许是中国假货不断的原因之一。

我国有关监管部门抱着传统的监管模式不放，一切都按形式化的准则照本宣科。雷锋逝世的日子到了，便热热闹闹地宣传一通雷锋精神及当代活雷锋；维权日到了，便大张旗鼓来一通“3 · 15”打假维权；“六一”到了，便抓个虐待儿童的典型案例通报批评；“三八”到了，妇女保护又被提为讨论的热点……似乎一切都是有计划的表演，一旦风头一过，一切就又都外甥打灯笼——照旧（舅）。我想，这或许是中国假货不断的原因之二。

从 1987 年首个“3 · 15”打假日算起，30 年过去了，中国的假货依然没被打绝，甚至在一些地方出现了假货的现代化生产线，建立了假货市场，真令人匪夷所思。天津塘沽有一个洋货市场，里面充斥着各种假名牌——假表、假服装、假皮带、假皮箱，各种假货品类应有尽有。在这里，花几十元就可购得一块“劳力士”，花十几元就可购得一条“LV”皮带。据说，这些假货都是商贩们从广东论斤购进的。国内很多地方都有这样的市场在正常经营着，并成为当地经济的“增长点”。我想，这或许是中国假货不断的原因之三。

别让假货继续泛滥，别让打假变为假打，别对假货习以为常……我想，这是所有有识之士的心声，也是所有人需要努力的目标。

诚实守信的真谛

中国自古以来就倡导诚实守信，留下了“言必信，行必果”“一言既出，驷马难追”等箴言典故。据说商鞅变法时为取信于民，放了一根木头在城墙南门，贴出告示说若有人将这根木头搬到北门就赏十金，众人皆不信。直到将赏金提升至五十金，才有一壮士将木头搬到了北门，商鞅如约赏给了他五十金。“徙木立信”之事极大地提高了商鞅在民众中的可信度，为此后的变法奠定了民众公信力。古代民间还流传着一段感人至深的故事，说两位进京赶考的秀才相约来年还在此处相见，后来其中一位因患重疾不能按时到达，情急之中便自刭而亡，让魂魄准时到达约定的地方与好友相聚，以信守当初之诺言。可见，中国的君子把诚信看得比生命还重要。

然而，如今的诚信变得越来越苍白无力了，整个社会仿佛到处是陷阱，骗子、奸诈小人多如牛毛，一不小心就会招致横祸，令人防不胜防，谁还敢轻信他人的承诺。当今，人们生活中的压力和不安全感绝非仅仅是因为担心房价过高、物价上涨过快或是害怕被偷被抢，害怕被骗也是不可忽视的一个现实。辛辛苦苦赚的钱，不是买到假货，就是被诈走骗光。这不但打击了人们生活的乐趣，也挫伤了人们生活的信心，最终导致的是对社会的满腹怨气。试想一下，卖服装的到副食商店买的是注水肉，卖肉的到服装店买的是假品牌服装，如此环环相扣，你欺我，我骗你，整个社会被这种不讲诚信的风气折腾得乌烟瘴气，人们对吃的用的都没有安全感了，何谈诚信？中华民族复兴的伟大梦想还能实现吗？

有一个商人的儿子想子承父业，商人就让儿子在外面转一会儿，随后问儿子：“你说我是谁？”儿子答道：“你是我父亲呀！”商人立刻说：“你不是做生意的料，还是另择行道吧。”言外之意是告诉儿子，经商必须六亲不认，连亲人都得骗，否则就不是合格的商人。这其实是误入歧途的经商之道。真正的经商之道恰恰是诚实守信，老字号无不遵守这一信条。可惜的是，现在大多数商家急功近利，信奉了经商的歪门邪道，丢弃了中国经商传统中的诚信美德，最终只得落个赔本关门的下场。

一位父亲领儿子外出，让他爬上一堵墙再跳下来，他不敢跳，父亲说：“你跳吧，我接着你。”于是他相信了父亲的话，勇敢地跳了下来，结果父亲并没有接着他，他重重地摔在了地上。他哭着问父亲为什么说话不算数？父亲说："我这样做的目的就是让你永远不要轻信任何人对你的承诺。"

这个故事广为流传，但我无法认同其中的理念。同样是父母教育孩子的故事，我认同的是曾子对孩子的言传身教。

有一次曾子和妻子外出，孩子非要一同前去，曾子的妻子让孩子好好在家玩，说待会儿回来让父亲杀猪给你吃。办完事回家后，曾子立刻安排人去杀猪，妻子惊讶地说："我只是哄一下孩子，你为何真去杀猪？"曾子说："如果我们说过的话不兑现，孩子就永远不会再相信我们，更不会相信别人了，说到就必须做到。"

孔子说："讷于言而敏于行。"这并非让人们只干不说，而是告诫人们办不到的别说，或者多做少说为上。这同"言必信，行必果"有异曲同工之妙。现在有些人不负责任地乱说，整日大言不惭，乱夸海口，一条几里地长的小河流硬说要打造成塞纳河，说得天花乱坠，夸下的海口一样都做不到，只能落下笑柄。

作为一个人，什么最重要？有人说是人品。何谓人品？人品即人格也。人的威信恰源于人格的魅力。也有人说信仰最重要，没有信仰的人只能说是活着，但他不会懂得生活的真正意义。然而，如果一个人连诚信都不具备，何谈人品，何谈信仰？诚实守信绝非一人一事，而是社会行为；诚实守信也绝非他人他事，而是需要每一个人从自身做起。这，是推动社会文明与进步的首要前提和重要基础。

不可替代

在中国，什么事都有人替代，随着时代的发展，替代的新鲜事也越来越多。以前有代写文书的人，摆上摊，备好笔墨纸砚，专为那些不识字的人写封家书或写个状子之类的，赚点润笔费，这在文盲多的旧社会还是较有裨益的。随着文化的普及，这门生意退出了历史舞台，但门类繁多的替代生意悄然兴起，如代驾、代考、代孕、代写论文报告、代客扫墓……看起来匪夷所思，不过也确实折射出社会的真实一面。

现在的代写论文报告，不同于旧社会的代写文书。以前是大多数人不识字，不得不找人代笔；而今却是识字的人出于种种原因，花钱用别人的能力为自己获利。比如，有的学生偷懒耍滑，不好好学习而是在网上“梦游”，到了写毕业论文的时候就索性找人代写；有的职员写职称论文时，想破脑袋也不知道自己做的工作有什么意义，网上下载论文又容易被识破，便找人代写以一次通过考评；有的公职人员只知道嘴上博领导欢心，却不肯下功夫研究如何写公文报告，再加上用人之风不正，任人唯亲而非任人唯贤，只能花钱找笔杆子代写……可怕的是，上网搜“代写论文报告”等关键词，会发现这类生意十分火爆，大多数人似乎也见怪不怪了。

代驾的出现是可以理解的，近年来随着交通法规的普及宣传及严格执行，许多司机不敢酒后驾车，找个代驾为自己开车，花钱图个平安。这样看来，代驾倒算是一种便民服务。

代孕是一种争议极大的行为。我以为一个已婚男人雇一位陌生女人为自己怀胎生子，这和重婚并没有什么区别，即使生下的孩子永远不知生母为何人，可事实上孩子有了两个母亲，亲情关系变得复杂和难以启齿，必然成为家庭的定时炸弹。可怕的是，一旦代孕者靠此为生，不断地为他人怀胎生子，由此带来的负面效应就会严重冲击社会的伦理道德底线，使整个社会畸形化。

2014 年清明节前后，媒体报道了代客扫墓的新闻。这的确是新闻，因为放眼古今中外，这个行业还真算得上是个冷门，可谓别出心裁，独具特色。然而，扫墓祭祀不只是一种习俗，更是一种心意，目的是祈求逝者安息，生者平安。花钱雇人给自己的祖先扫墓，首先就失去了诚意，更谈不上孝心。我以为，一件事不想去做或者没有办法做到，完全可以不去做，至少不惹麻烦；如果硬要充面子、走过场，做出一些荒诞离奇之事，那就是自欺欺人，徒增笑话罢了。

尽管替代生意越来越多，越来越火爆，但我们必须谨记：世间有些事可以由别人替代，有些事则必须要自己完成，有的可以打破常规有所创新，有的则必须守住底线，不然就会乱了规矩，天地也没了方圆，又何谈可持续发展呢？

舌尖上的讲究

中国人对吃的研究可谓登峰造极。且不说南北大菜、满汉全席，就连各地的特色小吃也是争奇斗艳、声名鹊起。其实，根植于中国传统精髓的吃文化，恰似酒文化，早已从少数人的食府生活发展成为今天的大众江湖，这中间不知折射出多少价值追求和社会变迁。

记得30年前，我在图书馆看到一本名为《全上古三代秦汉三国六朝文》的书，开篇谈的便是吃文化。这本书上说，中国人早在远古时期就开始以熊之掌、竹之笋、猩之唇为美味佳肴。当时我误认为，猩之唇即猩猩的嘴唇，不禁毛骨悚然于古人的残忍嗜好。后来才知道，此猩之唇非彼猩猩的嘴唇，只是一种植物而已。古人随处寻野趣，食中娱之乐也。

鲁迅先生曾说："第一个吃螃蟹的人是很令人佩服的，不是勇士谁敢去吃它呢？"我一直很疑惑，螃蟹看上去那么古怪而凶悍，究竟谁会第一个想到去吃它呢？后来有一个小故事帮我解开了这个谜。

古代有一支人马在海边安营扎寨。夜晚，饥饿的士兵们燃起篝火，忽然他们闻到一阵香味，后来发现是海里的螃蟹寻亮而进入火中被烤熟后散发出的香味。饥饿的士兵们便捡起来品尝，顿时大饱口福。从此，螃蟹便成了人们的盘中极品。

当然，饮食作为吃文化的载体，蕴含着丰富的地区特色，而吃文化的地域性也决定了各地饮食的独特性。比如，受地域特点的影响，螃蟹之类的美味并不是所有地区都喜欢食用。有一次，我的一些内蒙古朋友来到天津，我特意点了几只海蟹。然而，内蒙古朋友从未食过海蟹，又碍于面子不愿求助，结果，他们掰光丢掉了所有的蟹爪，只剩下圆乎乎的蟹身子，全无食蟹之趣。我做了示范之后，他们仍无法领悟其味之美，觉得吃起来麻烦至极。

在吃文化的演变中，传统餐饮和地方小吃逐步提升了自身的文化含量和时代概念。自从人类结束了生吃活剥、茹毛饮血的时代，文明饮食便渐渐地盛行开来。不过，文明与愚昧、残忍、贪婪、邪恶几乎如影随形。人类的主宰地位，使其长期蛰伏的猎奇欲望不断膨胀着，好吃的人们试图将一切美味并入盘中，无论是天上飞的，还是地上跑的，或者是水里游的。于是，有了吃燕窝，吃熊掌，吃天鹅肉，吃孔雀肉，吃蟒蛇肉，吃梅花鹿肉，吃海龟肉，吃猴脑……这样看来，某些佳肴的极品性似乎与残忍性脱不了干系。

多少年来，中国人在“民以食为天”的引领下，不断地演绎着一幕幕令人心痛的食欲大戏。现如今，燕窝、鱼翅早已被奉为菜之上品，南北各系大菜不断进行创新，使得貌似营养充足的国人越发食欲错位，精神虚火。

我在十几年前读过一本书，其中提到了隋炀帝时期的大运河开河督都护麻叔谋吃人肉的情节。麻叔谋因为生病，需要以羔羊肉加入药物来治疗，便差人每日进献羔羊。这事被一个名叫陶榔儿的人得知了，他为保自家祖坟在挖运河时不被毁掉，便每日偷别人家三四岁的小儿杀死蒸熟后献给麻叔谋。麻叔谋吃上瘾后，便不再食羔羊肉，专吃陶榔儿献上的小儿肉，日子一久，竟吃掉了三千多小儿。后来，麻叔谋吃人的恶行被人告发，最终麻叔谋被隋炀帝腰斩，陶榔儿全家也被灭门。

可见，人是越吃越馋，越吃越贪，越吃越离谱，今天想吃鸡，明天想吃天鹅，后天想吃熊猫，最后竟把自己变成一个恶魔。这或许是吃带给人类的悲哀！

自2012年以来，介绍中国美食文化的美食类纪录片《舌尖上的中国》，引起了不少人的兴趣和热议，很多美食家对之拍手叫绝。的确，中国在吃的方面真是历史悠久，应该说是和五千年文明息息相关的。翻开最令中国人骄傲的《红楼梦》一书，里面几乎每个章节都在描绘吃。而对中国人在吃的学问上登峰造极之说，估计世界上不会有哪个国家存有异议。

可在我看来，吃其实没什么值得称道的，有时甚至是令人悲哀的。当我们背诵唐代杜甫“朱门酒肉臭，路有冻死骨”的时候；当我们看到日本侵华战争中，河南等地灾民饿死上千万，为几斗小米就卖儿、卖女、卖妻的时候；当我们看到20世纪60年代的三年自然灾害中，人们把树叶、草根乃至老鼠洞中的存粮都吃光的时候……我们就不会再为绝顶的美食而炫耀，而是会真的感到悲哀了。

如今，经过近40年的改革开放，人们过上了较为富裕的日子，温饱问题得到解决后，就又把美食放进人生梦想中了。“谁知盘中餐，粒粒皆辛苦”似乎早就被多数中国人抛到九霄云外。我们在每日的电视公益广告中常常能听到这样的数据：“中国人在餐桌上每年浪费的粮食为两千亿斤，相当于两亿人一年的口粮……”2006年，媒体曾曝光中国公款吃喝花掉了四千亿元的惊人数字，不知道有多少可怜的小动物沦为盘中餐，进入人们狂热的味觉消费中，而又得需要多么庞大的吃客队伍，才能消费掉这般庞大的资金！也难怪如今各地饭店越盖越多，越盖越大，超五星、超八星……

难道这就是中国人对吃的讲究吗？

不得不说，中国人在吃这一方面产生了惊人的浪费，给自然界造成了巨大的伤害。天上的天鹅肉、海里的鱼翅、地上的熊掌、山里的穿山甲肉等，哪一样不成为盘中餐？我很欣赏姚明的公益广告语：“没有买卖就没有杀戮。”同样，没有食客就没有残忍的吃法。

都说中国人是善良的、勤劳的、智慧的，这一点不假。可中国人中唯利是图的小人也不少，他们把智慧全用在了歪门邪道上。而这一点体现在吃文化上，更是令人发指。

20年前，一些卖羊肉串的商贩为了招揽生意，把活羊、活驴绑在路边，边割肉边烤或涮，声称是“最新鲜的羊肉（驴肉）”。后来，此类“美食”遭到了社会谴责得以叫停。可一些丧尽天良的人花样层出不穷，开始以假充真，以次充好，把猫肉、鸭肉甚至老鼠肉掺到羊肉串里烤，把猪肉加工成牛肉往外批发……

2013年，媒体披露山东潍坊农民用剧毒农药种姜，专门用于内销给国人，而他们单独腾块地种无毒姜用来自己食用和出口。不止蔬菜瓜果，在整个市场上，从婴儿奶粉到饮用自来水，就没有几样是合格的，而地沟油的制作更是早已规模化了。

当然，这些缺德行径也不都是中国人的专利，世界各国都存在这样的情况，英国不也发生过“挂牛头卖马肉”的风波吗?

如今，社会公众每天都在受到吃的伤害，在城市，在农村，在校园，都发生过食物中毒等恶性事件。人们对此很愤怒，却也很无奈。肯德基汉堡中有苏丹红剧毒的新闻曝光后，记者惊讶地发现人们依然排队购买，一问才恍然大悟——“如今吃什么都不安全，还不如就干脆吃!”看来是真没什么辙了。《舌尖上的中国》叫座又叫好，但舌尖上的无奈更令人悲哀。

“鬼灯笼”折射出什么

2015 年，媒体报道了两则新闻。

一则是“鬼灯笼”事件。某微信公众号在一篇文章中指出，江西铜鼓某村一居民房前，每晚都会出现“鬼灯笼”。这让不少网友产生好奇心，纷纷前去“探秘”。结果，每日探访者络绎不绝，一些人进屋就开始问这问那，说要找到“神秘火光”，还有些人干脆一进屋就翻箱倒柜，给房主带来了极大的困扰。后来“探秘”的人越来越多，通往村子的道路有时会被堵塞，派出所不得不派出民警到现场维持秩序。半个月后，这件事惊动了县政府，请来江西省科学院应用化学研究所的调查小组进行调查分析。后经查实，所谓“鬼灯笼”是因为房屋大门为双层不锈钢门，门框是金属，门柱是彩色，每当有汽车通过时，不锈钢门和内层镜面玻璃形成了多层重复反射、折射，从而出现物理成像的彩色光，也即“鬼灯笼”是一种自然现象。为制止猎奇者的蜂拥而至，政府部门不得不在路边竖起一块牌子道明事实，提醒人们切勿轻信传闻，此事才算结束。

另一则是“挖玉石”事件。四川泸州大批村民听信传闻，跟风到河里挖每斤百元起的新品玉石“桂花玉”。拿着铁铲、背着背篼的挖宝者多达上千余众，有的人为了争分夺秒地多挖玉石，甚至一日三餐都在河滩上搭灶解决，好端端的河床被破坏得面目全非。后经科研专业人士检测证实，所谓的新品玉石不过是一堆不值钱的普通石英，不过是因为其主要成分二氧化硅形成的晶体紧挨在一起形成反射从而透光。这让那些心怀“发财梦”的男女老少大失所望，但他们家里都已囤积了很多“桂花玉”，只得无奈地等着行情再涨起来，“实在没热度了，再扔回去”。

虽然这两则消息所反映的事件看似没有什么关联，但我觉得从深层次来说，这两个事件都反映了当前社会精神层面上所存在的困惑及悲哀。诸如此类的“笑话”仍不时发生，有些甚至酿成了不该发生的悲剧。记得几十年前，我的家乡一带也曾闹过一个令人啼笑皆非的笑话。当时传闻有人在城乡接合部一带的田地里发现了“仙丹”。虽说那时没有互联网，可消息还是很快便家喻户晓，致使成百上千的居民前去挖“仙丹”。后经证实，所谓“仙丹”不过是埋在地下许久的羊粪球，服用之后根本没有任何作用。

鲁迅在《药》中描写华老栓为医治患痨病的儿子，而去购买沾有革命义士鲜血的“人血馒头”，以此“揭出病苦”，反映民众的麻木、无知和愚昧，但那毕竟是民智未开的旧社会，虽说可悲却也可理解。但如今已是21世纪，人类社会早已步入信息时代，为何还会源源不断地发生如此愚昧无知又荒唐无稽的事件呢？

也许，这也是一种必然。历史不总是前进，有时也会出现倒退；人类的精神支柱也并非总是顶天立地，有时也会倾斜坍塌。试问，中国历史上战乱不断、民不聊生的三国时代能比得上大一统的秦朝始皇帝时代吗？腐朽没落的晚清能比得上大唐开元盛世吗？而今的中国文人又有谁能写出李白、苏轼等古人的千古绝句？当然，我并非发今不如昔之议论，而是形容人类社会曲折发展之规律。

“鬼灯笼”“挖玉石”等事件看似微不足道，甚至会被当作笑话听，但其实事情远没有那么简单。“鬼灯笼”折射出当今中国封建迷信思想已经死灰复燃，且仍根深蒂固地存在于众多中国人的精神世界中，从而形成一种普遍的迷信、无知及盲目，所带来的巨大伤害是精神空虚。“挖玉石”则反映出众多国人在快速发展的社会转型期中梦想一夜暴富，从而做出不少荒唐之举，最让人担心的是此类荒唐之举会不会在拜金主义的引导下愈演愈烈。

新中国成立后，在中国共产党的带领下，社会发生了翻天覆地的变化。单就新中国成立初期没有卖淫嫖娼、贩毒吸毒这两件事而论，至今也没有哪个国家可以做到。最关键的是，一个有着几千年封建迷信桎梏的国家，被改造引导至一个崭新的破除封建迷信的社会主义国家，这种飞跃式的变革与发展谈何容易！而今，封建迷信抬头了，西方腐朽没落的思想也逐渐渗透，甚至邪恶的思想也不断传播，这难道不足以发人深省吗？还是那句话，中国欲强盛，必须让国人牢固树立坚不可摧的精神信仰和支柱。

理想信念之重

2014 年 5 月 28 日，发生在山东省招远市麦当劳餐厅的“全能神”邪教组织成员无端残杀无辜女子的案件，引起了整个社会的义愤和警觉。之后，接二连三发生的新疆恐怖分子制造的灭绝人性的恐怖袭击，既让世人心中产生了愤怒的火焰，也引起了更多人的焦虑、恐惧和不安。

目前，我国已确定的邪教组织有 14 个。这些邪教组织是指冒用宗教、气功或者其他名义建立，神化首要分子，利用制造、散布迷信邪说等手段蛊惑、蒙骗他人，发展、控制成员，危害社会的非法组织。邪恶势力的滋生，为正在追求建立和谐社会的人们敲响了警钟，也促使人们必须进行深刻的思考：为什么各类牛鬼蛇神竟敢冒天下之大不韪，纷纷出笼滋扰社会，残害民众？

如果没有社会基础，任何邪恶的思想都是无法成为现实的。当一个社会的正能量不能正常释放，负能量即邪恶势力就必然上升。新中国成立以后，在中国共产党的领导下，中国基本铲除了各类邪教组织，并构筑了一道泾渭分明的底线，凡是这些邪恶组织的头目或成员，其后代入团、入党、当兵、提干等都会受到限制。如此一来，谁还敢成立邪恶组织，谁还敢加入邪教组织？

人类有两大需求：一是物质需求，二是精神需求。精神需求绝不只是唱歌跳舞、吹拉弹奏、绘画绣花等，而是追求一种寄托、一种境界、一种理想。可以说，精神需求是一种信仰。中国共产党从成立之日起，就把理想和信仰作为引导、激励、鼓舞各民族人民的强大动力和精神寄托。为了实现共产主义信仰和理想，成千上万共产党员不惜抛头颅、洒热血，这是真正的正能量。事实早已证明，这种正能量能够战胜一切邪恶势力，成为历史的主宰者。在如此强大的社会正能量背景下，邪恶势力哪还有藏身之地？可惜的是，一些人甚至一些不懂中国国情的政治家扭转和改变了这样一种来之不易的大好局面，造成了一些人意识形态混乱，思想盲目发展，邪恶势力乘机复活，并入侵其灵魂，使其做出丧心病狂之事。

中国有 8000 多万共产党员，这是多么强大的力量！如果这些党员都能践行自己的誓言，为理想、为国家、为民族、为人民利益而战，这个社会哪会有这么多邪恶势力、歪风邪气猖狂造孽？山东招远麦当劳杀人案发生时，围观的人群中是否有共产党员已无从考证，但党员作用不到位确实是个不争的事实。因此，正能量也好，核心价值观也罢，理想信念教育必须从党员教育入手。除了贪污受贿、违法乱纪的共产党员，一些见死不救、在关键时刻掉链子的共产党员，也应该从党员队伍中清除，否则党的威信和号召力就会大打折扣。

许多地方政府或许是财政收入较为富足，或许是为了刺激当地旅游业，不惜花重金，大建特建寺院庙宇。经常外出旅游的人们不难发现，在中国旅游几乎就是烧香拜佛。我不反对宗教信仰自由，但对那些打着宗教的幌子，根本不知佛之真谛而误人子弟的迷信之举是不认同的。在《白毛女》中，黄世仁的母亲一边烧香拜佛，一边用针扎喜儿的脸。如今的贪官污吏也如出一辙，一边烧香拜佛求平安，一边贪赃枉法、巧取民脂民膏，根本不知道约束自己的思想和行为向善，最后照样东窗事发，锒铛入狱。如果这样的伪君子都能得到佛的庇护，佛岂不成了泥胎？而作为共产党员，必须把精力放在正确的共产主义理想信念上，尊重他人的宗教信仰自由的同时，也要为自己的共产主义信仰而奋斗。

2014 年第 1 期《杂文月刊》中刊登了蔡毅先生撰写的《为何不恨希特勒》一文，其中提到的一件事，应当引起人们的警觉。“几年前，一位广东媒体记者在一家饭店里看到神龛里供奉着希特勒的画像。该店老板说，大约 5 年前他在书店里看到了有关希特勒的书，对他的意志力特别佩服，从此就把希特勒当作偶像崇拜……”饭店老板不可能不知道希特勒是个魔鬼，但他崇拜魔鬼的意志力坚定，可见他的精神是多么扭曲。如果每日光顾该饭店的顾客们看到这一幕，却没有加以责问和制止，这就是更危险的情况了，说明一些中国人的思想和精神是麻木的，而这正是邪恶势力侵入的前提。

我们必须清楚，恐怖主义、法西斯主义同属邪恶势力，都是人类共同的敌人，其共性都是为了让邪恶统治世界，让人类丧失良知，手段残暴至极。更为重要的是，在当今信息爆炸、言论自由的时代，我们必须高度重视理想信念的重要性，警惕邪恶势力各种形式、各种渠道的复活、蔓延和猖狂。

珍惜人生

在由人类主宰的这个世界上，最伟大的是人，最渺小的也是人；最幸福的是人，最痛苦的也是人。所谓伟大，是指在人类发展史上所形成的无穷无尽的智慧、思想、文化与发明创造；所谓渺小，是指人的有限生命与其他生命一样，在历史长河中不过是短暂的一瞬，即使像爱因斯坦那样伟大的天才也不可能长生不老；所谓幸福，是指一个人所感受到的亲情、友情、爱情，以及每一次成功所带来的喜悦；所谓痛苦，是指人所经历的失败、挫折，以及迷茫、困惑、失望、哀愁等心灵创伤。

每一个人在呱呱坠地之日，发出的第一个声音不是笑，而是哭。任何一个人，无论是伟人还是凡人，其一生都必然在痛苦与幸福的交织中度过。正所谓“小人物有小人物的烦恼，大人物有大人物的悲辛，都是不能避免的”，只是各自经历不同罢了。有时，小人物甚至比大人物的痛苦更少一些，因为小人物只需忧虑自身，不似大人物还得忧虑天下大事。

有一次，我去杭州灵隐寺听一位禅师讲禅，他从佛教角度讲了人的前世、现世与来世，并讲了一个耐人寻味的故事。

在宽阔无际的海洋上漂着一块木板，木板上有一个洞，这个洞的大小只能容下一只海龟把头伸进去。海洋里生存着一只双目失明的海龟，它每过100年才在海面上探一次头，只有当它的头在探出海面时恰巧伸进木板的洞里，它才能够转世为人。这种概率非常低，也许需要几千年，也许根本就做不到，但是一旦做到了，海龟就可以转世成人。

这故事听起来像童话，其实是佛家对人生的一种阐释——一个人来到这个世界是非常不容易的，必须珍惜人生。

然而，人类的历史，其实就是一部战争史。从远古时代的部落战争发展至当今的高科技战争、信息战争，人类一直研究的是如何消灭对手，将智慧用于研制杀人武器，而且还在不惜血本地升级换代。假如未来进入核战争时代，人类的毁灭是不可避免的。谁可以保证不会发生那可怕的一幕？要知道，这个世界会产生伟大的圣人和天才，同时也会产生恶魔和疯子。

孟子讲："天时不如地利，地利不如人和。"强调的正是人的团结互助与和谐相处。然而，无谓的争斗总是占据着人们的精神世界。如果每个人、每个家庭、每个民族、每个国家都能够克制自己，以仁爱之心去对待一切、珍惜一切，世界就会真正走向文明进步，污泥浊水就会荡然无存，哪还会有战争？

人生一世不过几十年，面对的是复杂多变的世界，还有许许多多必然、偶然、突然的事件发生，稍有不慎，就会陷入痛苦的深渊。把握人生，珍爱自己实为上策。其实，一个人只有真正地为这个世界奉献出一片仁爱之心，真诚地包容这个世界，才会感觉到生命的意义。

孟子讲："天将降大任于斯人也，必先苦其心志，劳其筋骨，饿其体肤，空乏其身，行拂乱其所为，所以动心忍性，曾益其所不能。"其实，我们每一个人都在经历这样一种人生历程。何谓大任？对于领导或统治者来说，治理国家是大任；对于普通百姓来说，经营美满家庭、做好本职工作是大任。每个人都能在不同的地位、岗位上，真正承担一种使命、一种责任，何愁天下不太平？

爱的能量

最近，我读了一篇美国医生大卫·霍金斯博士关于爱的能量研究的文章，感触颇深。在霍金斯看来，意念对人的健康有很大的影响，很多人生病是因为没有爱，只有痛苦和沮丧。他认为，人的振动频率（也即人们常说的磁场，范围在1—1000）低于200就容易得病。嗔恨、发怒、嫉妒、苛求他人、自私自利等的振动频率很低（只有30—40），是导致癌症、心脏病等种种疾病的原因；而慈悲心、爱心、宽容、柔和等的振动频率较高（可达400—500），可以使人的能量充足，进而影响一个地方的磁场，带动万事万物变得美好祥和，正可谓心底无私天地宽。

在神经领域的研究中也发现了这样一种现象：当人心怀善念、积极思考时，人体会分泌出令细胞健康的神经传导物质，免疫细胞也会变得活跃，人就不容易生病；而当心存恶念、负面思考时，走的是相反的神经系统，即负面系统被激发启动，身体机能的良性循环会被破坏。美国耶鲁大学和加州大学曾对7000人进行了长达9年的跟踪调查，发现损人利己、心胸狭隘、常怀恶意的人比乐于助人、与他人相处融洽的人的死亡率高出1.5—2倍。这些研究都得出了同一个结论，善良正直的人往往更加健康长寿。这也验证了孔子的“仁者寿”以及中医古籍中阐述的“正气存内，邪不可干”的传统养生理论。

20世纪80年代末，希伯来大学公布了爱因斯坦生前写给他女儿的一封信。其中写道：“有一种无穷无尽的能量源，迄今为止科学都没有为它找到一个合理的解释。这是一种生命力，包含并统领所有其他的一切……这种生命力叫‘爱’。爱是光……是地心引力……是能量……这个驱动力解释着一切，让我们的生命充满意义。这是一个我们已经忽略了太久的变量，也许因为我们害怕爱，因为这是宇宙中唯一的人类还无法随意驾驭的能量。为了让爱能够清晰可见，我用最著名的方程式做了个简单的替代法。如果不是 $E=mc^2$，我们接受治愈世界的能量可通过爱乘以光速的平方来获得，我们就得出一个结论：爱是最强大的力量，因为爱没有限制……”当今，引力波的存在验证了爱因斯坦广义相对论的最后一块拼图。可是，上述这一爱的方程式却远未有个更科学的论证，尽管诸多宗教信仰和科学研究都在试图研究爱的奥秘，但仍无法计算出爱在宇宙能量中的巨大作用。

爱并不限于人类，而是在所有生命体中都能传递能量。

青海有一个非常缺水的沙漠地区，主要靠驻军部队用车从很远的地方运来水，用水量被严格地限定为每人每天 3 斤，其中包括牲畜用水。有一天，一头平时温和的老黄牛突然冲到路上拦住了运水车，即使牛的主人赶来用鞭子使劲抽得它皮开肉绽，可它就是不肯离去。一位战士看不下去了，哭着把半盆水放到老黄牛面前。出乎意料的是，老黄牛并没饮用以死抗争而得来的水，而是发出一声哞叫，似乎在等待谁的出现。不一会儿工夫，从沙堆后跑出来一头小牛，老黄牛慈爱地看着小牛喝光盆中水后，没等主人吆喝，便在众人的沉默思考中，带着小牛往家走去。

1964 年 12 月，一支在滇西北找矿的 8 人小分队在冰天雪地中使劲推陷进雪坑的汽车。就在他们忙着推车之际，8 只狼围了上来。面对这些饥饿的狼，小分队在纳西族老乡的建议下，将车上所有的肉制品扔给狼吃。狼吃饱后，先前凶恶的目光变得温顺，其中一只狼围着汽车转了两圈后，带着狼群朝树林钻去……不一会儿，奇迹便出现了！ 8 只狼叼着树枝钻出树林，并分别放到汽车两个后轮下面，随后又一齐钻到车底扒雪。感动的人们随之发动车，但没走几步又打滑了，狼群便一直重复那几个动作，终于汽车顺利地前行到了下坡路。人们激动地给狼群鼓掌，用力向它们挥手致意。狼群只是定定地望了望他们，便缓缓朝山上走去，消失在树林中。

这两则故事传递的都是爱的能量，前者是动物与动物之间，后者是动物与人之间，正是爱的能量创造了这一个个不可思议的故事。爱使生命得以延续，潜移默化地支撑着自然界万物的平衡。古今中外诸如此类无法想象的故事仍有很多，它们无时无刻不在世界各个角落发生。正如爱因斯坦所说：“我们得承认爱能降伏一切，爱超越任何存在，因为爱就是生命的精髓。”

诗歌篇

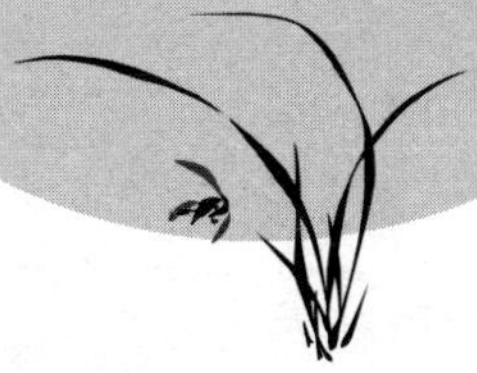

新年的钟声

新年的钟声好慢
慢得就似
田地的耕牛
我一天天盼
一夜夜数
实在是太久、太久
从童年盼到少年
而今已经白了头

新年的钟声好快
快得就似
江河的激流
我不愿去想
光阴似箭
只倍感诚惶诚恐
该隐去的必隐去
该诞生的必诞生

钟声是岁月的符号
往事是心灵的尘封

既然世界能够
在灾难中浴火重生
既然花儿能够
在凋谢后芬芳依旧
就让赤诚的心在爱河中
激情澎湃，永不凋零

初春的企盼

初春还在散发阵阵寒冷
可我感受到大地的复苏
因为有你如影随形
眼前总是光芒四射

青春在破碎时光中远去
我不孤独，依然充满激情
满怀赤诚坚定航向
去迎接和煦的春风

生命可以化腐朽为神奇
幸运之神定会眷顾你我
不论相隔咫尺天涯
爱的花朵总是鲜红

清　明

春风化雨四月吹
车水马龙众人随
鲜花翠柏逝者慰
可叹世间有阳阴
人生自有康庄道
忠孝仁义好自为
劝君多行功德事
百年魂飞也无悔

草　原

你是绿色的海
滚动的浪
也是心中的向往
你是大地的魂
不落的歌
也是生的希望

你是浪漫的诗
高雅的画
也是梦中的天堂

槐 树 林

故乡的夏夜多么美妙
槐树林弥漫鸟语花香
那时我们青春年少
悄悄幽会共诉衷肠

皎洁的月光洒满大地
微风拂动弯弯的树梢
憧憬未来彻夜无眠
向往人生无限渴望

姑娘的倩影犹如昨日
高耸的槐树叶茂枝繁
花开依旧柔情似水
怎不思念昔日时光

银 杏 树

一

它们忠贞不渝
既千年相守又
两性相吸
硕大的身躯
粗壮无比
茂盛的枝叶
遮天蔽日
根深扎在
古老土地
爱结出来
累累果实

二

它们坚如磐石
枝繁叶茂
用无限的悲悯和柔情
给予世界奉献
用无声的慈爱和释怀
给予众人希望

岁月沧桑
朝代更迭
历史的印痕犹如年轮
永久地镌刻在
它们的记忆中

三

一年又一年
它们爱得如此甜蜜
相敬如宾
白发偕老
漫长的历史沉淀
无数次的天灾人祸
数不尽的文明浩劫
从未改变
它们与生俱来的忠诚
更没动摇
它们矢志不移的信念

四

当帝王将相
早已成为尘土
才子佳人
也已为过眼烟云
当历史过客

早已销声匿迹
英雄豪杰
也已为几行陈迹
它们依旧春风得意
浩气凛然
是品格
更是博大胸怀

五

这是无与伦比的
千年大爱
也是华夏大地世代的
精神传承
没有低俗的谄媚
无耻的欺骗和
信誓旦旦的谎言
没有狂热的接吻
热情的拥抱和
低俗的调侃
一切顺从于自然

六

它们的无声
衬托高雅
它们的无语

昭示忠诚
它们的果实
体现付出
它们的威武
折射尊严
这是千年不朽的神话
更是永恒动人的诗篇

七

当世间随处可觅
残花败柳
古老的文明
被污浊浸染
忠诚的誓言
似乎成为梦呓
虚伪的承诺
正四处蔓延
古老的银杏树
以无穷魅力挺拔屹立
在天地间或大山深处

青 竹

这是绿的世界
绿的海洋
也是绿的阵容
这是竹的世界
竹的海洋
也是竹的阵容
在崇山峻岭
巴蜀大地和
激情澎湃的大山深处
不见缕缕炊烟
听不到鸟儿啁啾和
委婉动人的牧童笛声

当北国寒风凛冽
树叶飘落
花儿凋零
这里却是生机盎然
微风和煦
阳光温柔
青竹翠绿依旧

这是艺术王国的画卷
大自然的杰作
更是世外桃源和
心中的梦

我欣赏你的色彩
那是最美的绿色
我赞叹你的姿容
那是刚毅的品格
是你把纯洁和芬芳
弥漫在这片净土
一整个冬天
我都沉醉于这里的景
这里的情

你蓬勃的朝气
怎不令我动容
你无限的活力
怎不令我欢腾
融入你的世界
我心旷神怡
仰望你的雄姿
我惊异莫名
我多想化作
顶天立地的青竹

在你奥妙的世界中
绽放人生

题 桃 花

嫣红姹紫满园春
三月桃花惹人醉
人云牡丹国色倾
试问青帝谁更美

玉 兰 花

白玉兰、紫玉兰
朵朵玉兰竞相开
世间久传西施美
怎如玉兰含苞妍

樱花美、樱花红
串串樱花似彩灯

都说东瀛花最秀
可比玉兰富贵荣

端庄大方是玉兰
温文尔雅意缠绵
有道春风惹人醉
更喜玉兰畅胸怀

残 荷

暗淡了的荷塘
一片残荷败柳
虽有秋阳的余光
盎然的生机却已不见踪影

茂盛的枝叶正在发黄
奇异的花儿也已凋零
留给世间的似乎只是悲凉
为何生命总是转瞬即逝

鲜活的枝叶曾是那样
充满豪情而生机盎然

那洁白的花儿
又是那般圣洁而高雅

难道所有的美丽
只留于深沉的记忆
那百世的芬芳
也注定为淡淡的愁伤

青春虽已隐去
记忆却是不朽
在周而复始的循环中
美丽终将绽放永恒

玫瑰凋零了

玫瑰凋零了
鲜艳已融入心中
爱人别离了
倩影仿佛在眼前
小鸟远飞了
歌声依然常回荡
生命衰老了
心灵却总是年轻

秋 叶
（外一首）

宛如一只只金黄色的蝴蝶
在风中翩飞
似乎不愿再
度过寒冷的冬季
那微不足道的身躯
正向大地告别

在秋风吹荡的日子
你悄然离去
就似夕阳西下
默默无语
留下的或许只有孤苦
还有一怀无尽的愁绪

让风儿尽情嘶吼吧
激活衰老的暮色
充满活力和激情
恰似翱翔的小鸟
在宽广的空间自由飞舞

如果秋风激情而悲壮
就让我在风中飘荡
即使微弱的躯体
无法抵挡强劲的西风
带我到天涯海角

我深知即使到寒冬
生命的活力也会在
肥沃的大地永存
待万物复苏的日子
又将是春归大地

致枫叶

一

你悄然而至
无声而光彩夺目
像燃烧的晚霞
也似飞舞的彩蝶
在时光中隐去
温柔的秋风

正带给你勃勃生机
虽不似花朵
微微绽放
你自然的美丽
早已留在我的心灵
看见你
失落的情绪荡然无存
看见你
怎不令我心花怒放

二

我期盼你
枝繁叶茂
把斑斓的色彩
尽情展示
在山巅
在原野
在赖以生存的大地
让你不变的本色
滋润万物
让你无限的风光
魅力无穷
也让盛开的百花起舞
在时代的律动中
奏响颂歌

三

是你默默抚慰
那些沉闷的心
也如我
在你无声的关怀中
怡然陶醉
或许
你也有自己的憧憬
淡淡的悲伤
或许
你也曾在朦朦月夜
流下伤心的泪
当强劲的秋风
把万物掠动
当紧接而至的寒冬
让大地发黄
你留下的是一丝微笑
还有那
远去的身影

四

你无声而来
匆匆而别
你可曾知
欣赏你的芳容

是我久久的等待
我不希望你变色
枯萎或衰败
我愿祈求上苍
佑你百世流芳
青春永驻
为你的魅力无穷
为你的永不枯萎
为你是
红彤彤的枫叶

五

为你欢呼
为你歌唱
为你遐想
为你哀伤
为你度过酷暑严冬和
难以入寐的不眠之夜
你已融入
我的灵魂深处
那是不能忘的
不能忘的
记忆

蝴　蝶

在青春绽放的时光
你短暂的生命
浪漫而充满激情
看到你无拘无束而自由飞舞
怎不令我陶醉
又怦然心动
你绚丽的身影
是我童年的故事
童年的记忆和
童年的幻梦

我原本无意
将你捕捉
只是爱慕和追求
为你的婀娜多姿
色彩绚烂和
天使般的姿容
你是否记得
童年时代的原野
童年时代的小溪和

童年时代的歌声

在朝霞四射的清晨
外婆乡间的院落
在夕阳西坠的黄昏
运河岸边的小屋
我们一起度过
寂寞和孤独
又一起告别夏季
迎来暮秋
你是我童年的记忆
童年的幻梦

孤　鸿

暮秋天上，只见孤雁在南飞，天可怜见，昔日那整齐壮观的队伍哪去了？难道又是人类造的孽……

秋风瑟瑟，引颈高诵
宽阔的天空
无涯的旷野
在澎湃的风中

潇洒纵情
去迎接这姗姗而来的寒冬
这应该是大雁南飞的时刻
也是记忆中的一个永恒
那大写“人”字的编队
永远是一年一度，周而复始
它能够真实记录
岁月的沧桑
也留给心中
无法忘却的梦影

雾霾阴沉，秋叶飘零
寒潮已临近
万物已入梦
这苍茫的宇宙奥妙无穷
或许世界没有可循的规则
其实万物原本在自由运动
肆意违背大自然规律
也只能是自寻烦恼
不要去伤天害理
大千世界早就告诉你
生活的美好原本是
我们伟大的自然所赐

仰望苍穹，悲凉无语

夕阳正低垂
暮色正来临
那孩提记忆如梦如幻
看这蓝天只有一片寂静
看不见那动人心魄的场景
听不见鸟儿婉转啁啾
曾充满浪漫的云空
失去色彩，无动于衷
这是否能够说明
世界的多姿正面临
愚昧无知的邪恶荡涤

孤鸿翱翔，歌声悲壮
彩虹在起舞
秋风在伴唱
那雄健的阵容无法寻觅
展翅奋飞留下的也是孤独
我渴望那曾经动人的一幕
也企盼天地万物复苏
让我这北方的孤鸿
去寻求生的意境，无怨无悔
让巨大的正能量
感化大地
我坚信和谐美好的梦想
终会成真

乌　鸦

一

茫茫苍穹
一群乌鸦奋飞征程
在云层下
在雾气中
时而高仰不屈的头
时而发出阵阵嘶鸣
它们远道而来
寻找自己的归宿
身下是喧嚣的都市
那里分配着权力与财富
也交织着人类固有的争斗
他们缺少仁慈
缺少悲悯
也缺少
对自然界的包容
千百年来
为了自己的安乐
捣毁了鸟儿的家园
也打破万物的平衡

二

寒风哀号
落叶漫天飞舞
芳草变黄
鲜花也已凋零
树木银装素裹
忍耐着难熬的隆冬
高耸的建筑
遍布人间
城郭杂乱而冰冷
看不见百花争艳
更没有百鸟齐鸣
似乎世界寂寞而孤独

三

乌鸦深知命运不济
与生俱来
不会像百灵鸟
一展歌喉
获取众人的赞许
不会如高傲的天鹅
生来惊艳
更不如会说话的鹦鹉
以它们的甜言蜜语
博得主人的青睐

成为宠儿
它们没有苍鹰的勇猛
鸽子的温柔
也不具有丹顶鹤的芳容
它们只是丑陋的乌鸦
没有华丽的外表
更无优美的歌声
生命的延续
完全是大自然的恩赐
绝非人类呵护
在众人心中
它们永远低级
在鸟的王国
它们永远属于下层

四

披星戴月
历尽艰辛
它们终于在一片花园中
徐徐而落
或许这里可以
建立温暖的家
虽不能丰衣足食
却不必浪迹天涯
或许这里可以

度过数九隆冬
待到春暖花开时
冰雪消融
大地复苏
万物或将迎来
另一番景象
它们原本没有奢求
更无任何贪婪或幻想
它们唯一的企盼
就是生存

五

高耸的白杨迎风而立
四周是一片残花败柳
冬天的花园灰暗而凋零
夜晚降临
更是寒风习习
冰冷的月光笼罩
世界万籁俱寂
叽叽喳喳的麻雀
也早已沉默无声
它们昼夜兼程
寻觅着食物
也寻觅着残枝败叶
奋力筑造起一个

遮风避雨的家
虽说不如王者的宫殿
富人的洋房
却也足以抗拒雷鸣闪电
和天灾人祸
这是它们世世代代的智慧
冥冥中奥妙的传承

六

浩瀚宇宙啊
你既创造了万物
为何又带来
无尽的劫难
你既滋生了生灵
为何又分为三六九等
我们不想成为鸟中凤
却也不惧浴火重生
我们不想富可敌国
却渴望衣食无忧
没有美妙的歌喉
可以呐喊
没有娇艳的姿容
可以辛勤劳动
我们不愿看
凶残的面孔

歧视的目光
更不堪忍受
无谓的欺凌
我们以自己的奋争
主宰命运
以自己的创造
编织梦想与新生

七

月光倾泻
光辉闪烁
冬天的花园
悲哀而寂静
黄叶在风中飘零
好似树的魂灵
在睡梦中游荡
树枝也沙沙作响
随风摇曳
似乎向世界倾诉哀思
从春的盎然
到冬的衰落
它们历尽洗礼
或许
乌鸦哀婉的啼叫
为这乌云笼罩的黑夜

带来生机
或许
乌鸦昼夜不停的劳动
为这漫漫冬季
带来温柔、和谐与安详

八

春姑娘很快来了
她身着盛装
沐浴春风
带来和煦的阳光
温顺的鸽子率先临空
以它们如水般的
善良和柔情
自由翱翔
宛如一片薄云
在阳春的天空
陡然飘浮
乌鸦也倾巢而出
寻觅着筑巢的枝条
可口的食物
还有大自然的欢乐

九

假如白昼已逝

就让我们在夜色中
感受冰凉的气息
假如夏季将至
就让我们迎接
闪电和暴雨狂风
假如我们只是
梦中游荡的幻影
就让我们的激情
化作激流注入大海
即使生命的小舟
随风飘摇
也要扬帆远航

十

大地开始复苏
花园里又一派生机盎然
绿草如茵，群花吐蕊
鸟儿也开始
叽叽喳喳地吵闹
它们似乎接纳不下
这群远道而来的
不速之客
因为它们占据了自己的领地
分享了美味佳肴
它们更看不惯乌鸦的尊容

灰黑又笨拙
先是高高在上的喜鹊
喧嚣不止
麻雀也碎叨不停
还有会讲人话的鹦鹉
措辞严厉
猫头鹰也发出
凄厉的尖叫
和瘆人的笑声
来彰显自己的地位和尊严
啄木鸟不理不睬
用坚硬无比的长嘴
钻凿树洞，寻觅昆虫
乌鸦不敢招惹众怒
它们循规蹈矩，谨言慎行
它们需要爱抚自己的伴侣
呵护弱小的生命

十一

在世俗眼中
我们不过是一群菜鸟
更是不祥之物
我们的呐喊
原本充满阳刚之气
可有人愣说是

灾难之声
难道我们祖祖辈辈
难登大雅
也博不得
世间的青睐
原本一个星球
谁不需要关爱
谁不渴望幸福
高贵未必高尚
卑贱并非低俗
我们向往没有
偏见的世界
争取自由和新生

十二

春雨滋润大地
鲜花开始绽放
樱花罩满枝条
露出粉红色的花瓣
桃花更是鲜艳夺目
恰似满树蝴蝶
迎风起舞
无花果舒展开
硕大的绿叶
犹如雨打芭蕉

石榴树吐露出
红色的花束
仿佛串串不熄的灯笼
还有带刺的月季
啼血的杜鹃
满地的马蹄莲
各领风骚，争奇斗艳
白玉兰，紫玉兰
更令人驻足流连
那洁白的、紫红色的蓓蕾
宛如荷花
又似少女白润又绯红的脸颊
这是万物复苏的季节
生机勃勃
孕育着热情与奔放

十三

花园里有位老翁
他的生活完全融入
这里的一草一木
也许他就是
这里的守护神
或是爱花使者
他慈祥的面孔
甚至可让充满邪念的人

良心发现，为之折服
从清晨至黄昏
他的身影活跃在
花丛林木之中
为它们施肥浇灌
梳妆打扮
鸟儿为他欢唱
花草树木为他
绽露笑容
还有位楚楚动人的少女
每每如影随形

十四

我可以对天盟誓
在这浑浊不堪的世道
能够一睹少女的芳容
那是真正的三生有幸
柔软乌黑的秀发
衬托着她白玉般
细腻的脸颊
一双举世无双的眼眸
总是那么清纯
友善而平和
她的身影
比春风还温柔

她的声音
比百灵鸟的歌声还动人
她轻盈的脚步
甚至可以让
微微摆动的蒲公英
屏气凝神，洗耳恭听

十五

乌鸦也由衷地赞叹
世间如此美好的情景
这是否为上苍的眷顾
让美丽的人生
在这充满邪恶的世界
闪烁光明
每到黎明
它们企盼着他们的莅临
如同巴望鲜艳的朝霞初升
因为这既有无限的欢愉
更有他们撒下的食物
乌鸦在这片天地
似乎遇见了知音
老人和少女
没有丝毫的歧视
而是一视同仁
把爱心奉献给

百鸟和一草一木
就这样
在这春雨润无声的岁月中
大家和睦共处

十六

夏日的清晨
更是充满
蓬勃的朝气
鸟儿欢快地
飞翔于树梢
乌鸦也立于枝头
享受着阳光浴
少女的歌声余音绕梁
老人的歌声幽默风趣
百灵的歌声美妙绝伦
喜鹊的歌声悠扬悦耳
乌鸦也情不自禁
放开喉咙唱起古怪的歌
夜幕降临
昼伏夜出的蝙蝠
也展开翅膀
翩翩起舞
这是多么令人陶醉的夏季
又是多么令人心旷神怡的清晨

一整个夏季都沉浸在
欢乐的旋律中
假如世界每一个地方
都能和谐相处
世界该多么美好

十七

不知何时
一只黑色的狸猫
打破平静
花园的世界风云诡谲
在鸟儿的心目中
它凶猛无比
天生利爪犹如钢刺
长长的胡须很是恐怖
夜晚时
它目光如炬
无不令鸟儿胆战
白昼一到
它时而在草丛间酣睡
时而在树木间肆虐横行
鸟儿的世界噩耗频传
不少小生命葬于猫腹
乌鸦同样在劫难逃
在凶神恶煞神速的袭扰中

连丧数命
一只被折断羽翼的乌鸦
挣扎而归
力图以最后的能量
滋育待哺的小生命
可它还是落到草丛中

十八

那温文尔雅的少女
如天仙般降临
她用一双纤细的玉手
捧起伤痕累累的乌鸦
悲伤地把它带回家
她精心护理日夜呵护
终于让它起死回生
当它再次腾空
立即返回高高的老槐树
那些待哺的孩子饥饿难耐
即刻投入它温暖的怀中
它们深知自己的弱小
也难敌强大的邪恶
但它们还有爱的力量
这恰恰是生命传承的保证
它们深知
在奥妙无穷的自然世界

总会阳光普照
更需爱河长流

十九

在艰难的岁月中
它们度过了一个又一个
不眠之夜和白昼
既经历了酷暑
也感受了隆冬
既分享了欢乐
也饱尝了痛苦
关键是它们活着
活着就能享受
大自然的恩泽
也可让生命
在永恒的时光中
不断迸发激情
然而噩梦终将到来
在一个清晨
老人和少女突然消失
它们再也分享不到
天使撒下的谷物
更听不见那
天籁般的歌声

二十

西风肆虐晚秋
比西风更可怕的
是隆隆的马达轰鸣声
先是草丛被夷为平地
树木也被砍伐一空
罪孽深重的人们占据了
鸟儿的伊甸园
剥夺了它们生存的空间
鸟儿四散而去
乌鸦也忧伤地飞向远方
它们依然是孤独的行者
它们企盼天使再度降临
哪怕是在飞往天堂的梦中

结束语

世界越发显得富有
精神却是支离破碎
一切思想是那般冠冕堂皇
人们的行为又是背道而驰
真理与谬误交替而行
似乎一切都成为虚幻
无须寻找神灵救世
物质世界本按规律运行

燃 烧 的 烛

燃烧的烛
闪烁微弱的光
不足以放出
万丈光芒
却默默展示
激情和风采

洞房之夜
你用生命祝福
逝者灵前
你会潸然泪下
一点一滴
那是无限的绵绵深情

世人赞叹
你自我燃烧
照亮别人
其实
你有限的能量
怎会照明

暗淡的夜晚

你无怨无悔
正如昙花一现
虽在瞬间绽放
但那是
刻骨铭心的记忆
美丽不需永远

祭 夕 阳

你缓缓而落
悄然无声
只有绚丽的彩虹
衬托你
红润的脸庞和
仁慈的脸

你并没隐去
逝者依存
只有普天的大众
感恩你

无限的滋润和
永恒的爱

你微笑别离
默默无语
只有深沉的夜晚
怀恋你
普照的日子和
无限温暖

红　　月

红月升天穹
世人驻足观
恰逢清明夜
心境也豁然
宇宙真奥妙
美景出自然
莫云烦心事
三阳有泰来

月　光

我们曾在激情浪漫的岁月中
共度如梦如幻的时光
一切似乎在历史的长河中
隐约而去
而你依旧在浩瀚的苍穹
形影相随
高贵而优雅
奥妙无穷

我深知生命的有限
即使没有腥风血雨
也注定来去匆匆
在孤独惆怅的不眠之夜
我们曾经共诉思恋幽情
虽说狂风乌云每每作祟
可你总会伴随璀璨的群星
姗姗来迟

在寒风瑟瑟的日子中
花儿并非全部凋零

无尽的芬芳早已融入心间
我不知如何应对
人世的苍凉
却愿在你
温柔纯净的怀抱中
让心灵得到抚慰
静静安睡

昼 与 夜

白昼并不总是阳光明媚
当阴云沉沉或雾霾弥漫
眼前的一切也将会暗淡无光

黑夜并不总是漆黑一片
当月光如水或繁星璀璨
美丽的夜色也将是花好月圆

白昼是喧嚣的世界
不论城市、小巷还是荒野
万物都在尽情发泄
内心的快乐与愤怒

看到的未必都是光明
歌声或许恰恰是心中的忧伤

黑夜是宁静的世界
无论是山林、小溪还是大海
一切都沉寂而安然
所有的烦恼和苦闷
似乎早已在睡梦中忘怀
此刻的世界似乎重归自然

黑夜是梦幻
白昼是劳苦
黑夜是光明
白昼是黑暗

风 的 寄 语

时而体态轻盈
犹如充满温情的少女
把心中的歌儿
轻声吟诵
时而放荡不羁

恰似无拘无束的烈马
把冲天的豪情
挥洒大地

如果说最重要的是水
最无情的是火
最珍贵的是情义
那么
最风光的就应该是风
如果说最壮丽的是海
最奥妙的是天
最神奇的是高山
那么
最朴实的就应该是风

是你把世界
从睡梦中摇醒
是你迎来朝霞
又送走黎明
万物在你的伴随下
生机盎然，尽显神通
生命在你的鼓乐中
健康滋生，载歌载舞
不论我在高山之巅
远眺连绵的峦峰

不论我在一顷碧海
泛舟漫长的征途
夕阳西沉的旷野
风情万种的花丛
都会领略你的深情
陶醉在你温柔的怀中

我知道人生的短暂
也知道你魅力无穷
如果你生命不息
在漫长的历史大道畅行
可否让我与你同路
在你无穷无尽的鼓乐声中
游览整个寰宇
漂荡在四海五洲

三　月　雪

在一个宁静的深夜
你无声无息地走来
那样洁白而浪漫
窗外那婀娜多姿的相思树

化成一位位
披着白纱的新娘
面对此情此景
我宁可不要阳春
而偏爱这
纯情无瑕的三月雪

当阴沉的雾霾
时时压在我的心头
当刚刚过去的寒风
把万物吹得七零八落
当望着那一片片
毫无生机的残枝败柳
我多想追回孩提时代
那样一种纯净
也多想拥抱
这姗姗来迟的三月雪

我知道此时南国早已
花团锦簇
我也知道南来的春雁
正在向北飞
这是因为北国的春天
更为壮美
她总是在不断的变化中

更换着新衣
在激情澎湃的日子里
绽放春的永恒
让多情多意的三月雪
带给我无限的温馨

雷 与 电

雷声是雄壮的乐曲
闪电是耀眼的星光
当暴风雨冲洗大地
我渴望雷电
响彻天际
划破这
漫漫长空

雷声是勇士的呐喊
闪电是不朽的光辉
当雷与电震荡宇宙
我企盼苍穹
敞开心扉
让雷电

恩泽大地

既然沉闷的空气
令人窒息
既然麻木的人性
如此消极
既然纷乱的世界
动荡不安
既然浑噩的人群
不思进取
我们为雷鸣欢呼
我们为闪电歌唱
为这朗朗乾坤
也为不朽的灵魂

雾　霾

乾坤自古本世清
天蓝水清百鸟鸣
而今雾霾沙尘暴
世界一片灰蒙蒙
追名逐利各逞能

只顾眼前不远忧
生态失衡人为造
天公动怒必报应

给我一片蓝天

给我一片蓝天
让我远离浑浊的大地
就如同自由的小鸟
在阳光的怀抱中
纵情歌唱

浑浊的气息早已厌倦
纷乱的世界令人不安
蓝色的天空多么美妙
孩提的梦幻渴望成真

给我一片蓝天
让我拥抱洁白的云彩
就如同美丽的传说
在仙女的拥簇下
翩翩起舞

翠绿的原野日渐枯萎
清净的河水正在污染
疯狂的世界物欲横流
心中的渴望寄予蓝天

在宇宙中

每当夜晚来临
我时常仰望浩瀚的夜空
那一颗颗闪烁的银星
令人产生无尽的遐想
我知道人的一生
不可能知道宇宙的奥秘
在千变万化的世界中
也不过是分享大自然的恩泽

哦！亲爱的朋友
你必须清楚这样一个真理
我们赖以生存的宇宙每时每刻
都会发生爆炸
伽马射线在时光中

正以光年的速度穿梭
那一日也许是遥远的未来
也许就在明天

太阳依然那样鲜艳无比
但是，美丽孕育着危险
因为，它总是不断爆炸燃烧
永远是这般周而复始
在它的有限能量中
地球会愈来愈痛苦无奈
直至海洋干涸，大地荒芜
生命也终将灭绝

我们之所以存在
是因为太阳这个巨大的天体
滋润万物不息
我们之所以幸福
是因为地球在稳定的轨道中运行
万物相惜的宇宙中
自然法则主宰一切
否则一切都是徒劳

我惊叹牛顿的万有引力
更赞叹爱因斯坦的相对论
他们的认识无疑让人类

从无知向自由王国跨越了一光年
每个民族都有心目中的神
而我的神不是上帝
也不是西天佛祖
恰恰是大智大慧的科学巨人
在他们面前我五体投地
对他们的发现我惊异莫名

宇宙及万物都有规则
生命也在自然法则中生息
既然知道自己如此渺小
那就让我们尽情分享
大自然的美好
共同伴随永恒的时光
在无限的空间飞翔

母　亲　河

一

哦！清清的河流
大自然流动的实体
你温柔、平静、祥和

似一曲和谐的咏叹调
深沉而充满激情

当创世纪的钟声
把你从漫长的睡梦中撼醒
巨大的爆发力从你体内萌生
像长江的浪涛
像黄河的潮涌
迅猛、敏捷、激昂

带着一个久远的梦幻
带着一个神圣的使命
带着一个时代的重托
向着东方地平线
向着辉煌的太阳，奔腾

二

你敞开渤海湾宽广的心胸
怀着九河下梢的情意
像马六甲海峡的流水
像好望角永恒的航灯
像星河系泛起的星火
把津沽大地注满
生命的色彩和芬芳
编织起一朵朵美丽的花

当绚丽的月季
在你四周争先吐蕊
当老龙头的汽笛
伴你仰天长啸
当巍巍天塔为你
伸开强壮的手臂
当八百万儿女为你
在竞争的海洋泛舟
五大洲四大洋为之震动
滋生的万物为你欢呼
仿佛一场暴风雨
带着宇宙的原始动力
摆脱苍穹的束缚
在雄浑磅礴的天体间
迸发出电火、雷霆

三

是你把一群质朴的男女
引向富强的王国
高举和平、友谊
繁荣、发展的旗帜
满怀非凡的慷慨之情
把气壮山河的号角奏鸣
突破马拉松漫长的曲线

在发达的高速公路上迅跑
甩掉陈旧的外衣
显示出一个原原本本的你
——巨人的体型

四

在你身上镌刻着多少
沧海沉浮，人世掠影
和漫长的沉梦
义和团的威武壮举
大沽炮台的血雨腥风
辛亥革命的火焰
抗日战争的硝烟
隆隆解放的炮声
我仿佛望见年轻的周恩来
还在南开校园求索
我仿佛望见红太阳毛泽东
在你身边站立的高大身影

五

当第一只海鸥从津门
飞向太平洋彼岸
当第一只飞鸽
在神州大地上遨游
当第一台万吨水压机

打破一个落后的神话
当第一台电视屏幕
传出优美的歌声
当渤海湾最大的人工港
驶来艘艘巨轮
当军粮城古道
燃起钢城的炉火

六

蓟北雄关为你开道
海门古寨为你守航
独乐晨光为你祝福
三盘暮雨为你挥洒
沽水流霞流淌你无尽的思绪
龙潭浮翠荡起你爱情的浪花
中环彩练连接你通天的大路
故里寻踪再现你昔日的辉煌
双城醉月谱写你动人的诗句
天塔旋云眺望你无限的风光

哦！清清的河流
向着辉煌的万里鹏程，奔腾
让充满阳刚之气的男子汉
为你举杯痛饮甘甜的美酒
让如花似玉的姑娘

为你一展歌喉翩翩起舞
赞美你非凡的气度
期待你跨世纪的黎明
远东古国在创造一个辉煌的世界
辉煌的世界在迎接一个
奋起的天津

海 河 小 调

海河清清翻动波浪
景色靓丽多么辉煌
金龙起舞无穷魅力
激情澎湃流向蓝色的海洋

海河灯火璀璨闪烁
鲜花芬芳桨声灯影
如诗如画五彩缤纷
碧水蓝天映照银色的月光

海河两岸机声隆隆
津沽大地举世瞩目
千万儿女热爱生活

齐心协力谱写和谐的乐章

海河欢笑奔向东方
歌声阵阵悦耳悠扬
激情创造辛勤劳动
新的风采震撼古老的东方

城 建 放 歌

在渤海之滨有一颗明珠
那是我的故乡天津城
在津沽大地有一曲乐章
那是建设者用汗水谱写
建地铁、造轻轨
拓通衢、架高桥
碧水玉带绕故里
新区高楼拔地起
花团锦簇绿满城
夜景灯光映星空
美丽的天津
可爱的天津
我为你建设

我为你祝福
我为你献出
一腔热血和赤城

赞 零 丁 洋

海鸥翱翔
纵情起舞
为你的雄伟壮阔
也为你的气势如虹
秋风徐徐
歌声美妙
为你的奔腾澎湃
也为你的激情燃烧
你连着天，连着地
也连着我的心
你承载着历史
承载着命运
也承载着我的情

你是梦中的海
你是不落的歌

你是浪漫的故事
你也是厚重的史书
你送别过多少过客
历经几多风云
又目睹过多少血与火
你滋润过多少生灵
承担多少重任
又忍受过多少苦与痛
我真想融入你
宽阔的怀中
和你一同共享
大自然的恩泽

歌唱吧，零丁洋
愿你的欢歌传遍
大洋彼岸
欢呼吧，零丁洋
愿你的激情刺破
云雾层层
奔腾吧，零丁洋
愿你的梦想震撼
四海五洲
在炎黄祖先
开拓的疆土
在世代构筑的牢固海岸上

我们共同迎接
锦绣前程

游 三 峡

天门[①]顺流下宜昌
泛舟大江水苍茫
不闻猿声飞鸟尽
灯火万簇也诚惶

游黄鹤楼

不知黄鹤归何处
而今我游黄鹤楼
烟波江前忆旧史
谈笑风生思古情
何愁天涯无行路
自有青峰立太空

① 天门即朝天门码头

大江两岸风光秀
满目春光映神州

游鼓浪屿

鼓浪屿上众人游
欢声笑语泛海舟
忽见大海隔两岸
天各一方谁不忧
春风徐徐拂人面
细雨蒙蒙也有情
而今已非昔日比
国强民富必大统

春　秋　谣

——游瘦西湖

瘦西湖面荡小舟
景也醉

人也醉
斜阳笑面来
微风拂起时
又见几多倩影
几多秋色

杨氏风流史不见
琼花一簇依旧
天也喜
地也喜
盛世继往开来
小桥过处有歌声
更有佳人舞影
垂杨弯腰轻唱
也有雀儿嘶鸣
神仙方有磨难日
何不平常做凡臣
吾逍遥
汝逍遥
大笔一挥春秋谣

卜算子·寄语扬州

昨宿法门寺，晨起乘渡船。大江翻卷奔东去，春雨润江南。
不晓扬州府，唯知有八怪。二十四桥似仙境，一簇琼花开。

卜算子·荔枝园

采撷荔枝园，尽品妃子笑。千亩果林弯枝头，丰姿也夭夭。
可叹唐明皇，倾城倾国抱。莺歌燕舞对酒歌，江山岂可保？

牛年之冬赴海南有感

初踏海南正隆冬
满目青翠沐春风
一统神州千万里
南北大地各不同

金秋九月上天山

金秋九月上天山
西风凛冽入骨寒
六月下雪何奇怪
远眺冰川入云端

拜西夏王陵

驾兰山麓展雄鹰
壁画朵朵遗古风
西夏王陵今犹在
沧海横流日东出

感受赤塔

这里屹立着
列宁的塑像
也传颂着
历史悲歌
诗歌中的太阳
依然闪烁
在天地间
在灵魂深处
在隐隐而去的历史长河

这里感受着
刺骨的寒流
也可尽享
惠风和畅
在巨人凝视中
深深思念
为了梦想
为了爱和恨
为了人生中的信念永恒

锡盟有感

茫茫草原飒飒风
锡林郭勒有传承
举杯痛饮不觉醉
错把酷夏作仲秋

唐古拉山之歌

我站在唐古拉之巅
眺望起伏的山峦
白云似雪
蓝天如绸
苍鹰展翅盘旋
布达拉宫神殿
威仪庄严
雅鲁藏布峡谷
恢宏震撼
还有簇簇格桑花

绽放绿色高原

我站在唐古拉之巅
眺望无垠的草原
牛儿游荡
马儿奔跑
牧人歌声悠扬
伫立巍巍神山
如梦如幻
倾听鼓乐齐鸣
神圣庄严
还有远方的爱人
怎不令我思念

我站在唐古拉之巅
眺望翻滚的云海
风声瑟瑟
天地融融
万物肃穆高雅
景色如画如歌
举世震撼
尽览山河秋色
憧憬无限
还有心中的梦想
直入九霄云端

查干湖即景

风儿摇曳轻舟
佳人伫立船头
斜阳映照
更喜一抹彩虹

清风徐徐送爽
一顷碧波东流
美景尽收
如诗如画仙境

远眺峻岭崇山
白云蓝天飘浮
海鸥飞舞
此湖定胜西湖

写在杨靖宇将军墓前

白山黑水间
你策马扬鞭
高举抗日大旗
冰天雪地中
你忍饥挨饿
抗击倭寇入侵
为了民族独立
你横刀立马
威震敌胆
为了子孙幸福
你洒血献身
英勇不屈
苍松翠柏见证
英雄壮举
华夏儿女铭记
将军伟绩
不屈的头颅
化作一尊塑像
不朽的精神
铸成民族之魂

将 士 歌

旌旗飘扬
军歌嘹亮
钢铁长城震四方
为了民族复兴
为了实现梦想
我们英勇无畏
我们不惧顽敌
我们战斗在天空和海洋
赤胆忠诚坚定
报效祖国荣光
正义之师在
时代洪流中成长

旌旗飘扬
军歌嘹亮
金戈铁马斗志昂
为了锦绣河山
为了世界和平
我们翱翔蓝天
我们乘风破浪

我们驰骋在遥远的疆场
牢记祖国重托
肩负神圣使命
青春绽放在
硝烟弥漫的战场

为广联达题诗

耕耘天地兮追求梦想
连结五洲兮畅通天涯
跨越时空兮不断进取
无怨无悔兮为我中华

水 调 歌 头
——贺国庆六十华诞

旭日升东方
皓月映豪情
天地山河呼唤

雄狮一声吼
原本泱泱国度
可叹备受欺凌
南昌举义旗
井冈擂战鼓
宝塔有神功
驱敌寇
斗群魔
扫顽凶
喜看五星旗展
古国振雄风
百废待兴建国
自力更生起步
改革创新途
中华已崛起
英雄看神州

丝　路

是谁开辟了古道
传播东方文明
是谁扬起了风帆

指明海上航程
祖先功德无量
喜结天下善缘
伟大的中华民族
恩泽天下苍苍
西域古道悲壮
翻山越岭向前
大洋惊涛翻卷
乘风破浪豪情
理想现实交织
文明交流共荣
相遇相知相融
四海同心愿景

是谁点燃了火炬
照亮四海五洲
是谁指点了丝路
穿越苍苍时空
千年之约传承
远古现实相通
伟大的当代英雄
民族大业复兴
西域古道辽阔
千年航路畅通
经济走廊繁荣

欧亚大陆振兴
承载人类命运
寄托美好祝福
分享成功喜悦
期盼世界和平

不忘初心

即使动荡的岁月
风雨飘摇
喧嚣的尘世
充满迷茫
艰难困苦的时刻
起伏跌宕
世俗的枷锁
令人忧伤
内心的赤诚依然如故
不忘初心

何必在痛苦中煎熬
消沉心伤
曾经的诺言

怎能忘记
守住生命的门窗
淡泊明志
宏伟的人生
乐于求索
高尚的情怀博大精深
不忘初心

笑看那滚滚红尘
从容淡定
远方的召唤
穿越时空
心灵陶醉于梦幻
义无反顾
真挚的情怀
爱河长流
向着阳光照耀的彼岸
不忘初心

双手托起鲜艳的朝阳

为了故乡绚丽辉煌

为了大地散发芬芳
我们奋发进取意志坚强
建设者的旗帜高高飘扬
民族振兴是我们的追求
和谐社会是我们的理想
坚定信念，一往无前
双手托起鲜艳的朝阳

故乡河流多么壮美
津门故里锦绣前程
我们肩负使命阔步前进
让激情和梦想化作乐章
国家富强是我们的情怀
文明进步是我们的希望
坚定信念，一往无前
双手托起鲜艳的朝阳

大爱无疆

——献给汶川大地震的遇难同胞和生死相救的英雄

当天灾降临巴蜀大地
我看见
山崩地裂的惨景

老人的呻吟、婴儿的啼哭和
母亲的呼喊
那一刻
数万同胞罹难震灾
那一刻
永远嵌入我们的心田
面对天灾，我们无法回避
战胜天灾，却是我们的信念
因为我们有爱
爱是力量，爱是意志
更是人类博大的胸怀
灾魔或许会让钢铁扭曲
让大山折腰
但是一个民族的脊梁
却不会弯曲
灾魔或许会让江河断流
让巨石粉碎
但是爱的河流
却不会枯竭
这是生的希望，也是宇宙的永恒

当天灾降临巴蜀大地
我看见
子弟兵昼夜不眠的身影
志愿者豪迈的雄姿

白衣天使美丽的瞬间
海外赤子的情意和
不同肤色人群的关怀
亿万同胞悲痛的泪水
化作爱的小溪
令神州感叹
我看见孩子的零钞
富翁的亿万巨款和
大洋彼岸的捐献
纷纷飞向巴蜀山川
人类仿佛在此刻找到和谐
慈爱之心仿佛在此刻
连成硕大的光环
花儿凋谢了，我们会用热血重新滋润
房屋摔碎了，我们会用赤城重新复原
大坝决堤了，我们会用胸膛把它堵上
城市消失了，我们会用智慧勾画新的蓝图
而且那会更为壮观

当天灾降临巴蜀大地
我在想
上苍带给我们无限的幸福
也带给我们无限的悲哀
幸福需要珍惜，悲哀需要战胜
天灾需要面对，更会激发我们爱心永恒

我不想预测数万名死者
为人类带来哪一种思考
当然不需要相互伤害
更不需要无畏的争斗和残酷的战争
或许，人类的智者早应清醒
我们只有一个家园
美丽的地球是我们共同的财富
生命之花需要我们
用爱河浇灌
如果我们都保持
一颗童心或美好的梦幻
那世界该会多么圣洁
如果我们把精力都用于
开发自己的家园
那一条条国境线
岂不化作远离的暮霭

当天灾降临巴蜀大地
我在想
那里曾是风景如画的家园
也是山明水秀的乐土
那是曾是炎黄祖先的故里
也曾是世人流连赏心的伊甸园
而今
滚滚泥石流吞没了一座座山村

滔滔江水把美好的记忆冲向天涯
面对此情此景
人类应在血与火的燃烧中平静下来
去重新审视和思索以往的一切
当然
我们无须忏悔以往的过失
也无须对过去的争斗心生遗憾
大地的伤口牵动亿万人的血脉
每分每秒都在抗争死神
也在迎接新生
天灾仿佛告诉我们
人类需要的只有爱
宽容吧
祈福吧
让爱心抚慰失去丈夫的妻子和
失去父母的孤儿
让爱心去浇注爱的堤坝
去播撒永远绽放的爱的花儿

当天灾降临巴蜀大地
我看见
在东方地平线上
一位巨人正用饱含深情的巨手
托起鲜红的朝阳
那是一个民族共铸的赤诚

也是爱的光芒普照锦绣河山
天塌了，我们用双手托起
地裂了，我们用爱心抚平
屋倒了，我们的意志坚如磐石
桥断了，我们的手臂紧密相连
绝境中，我们凝聚无限的力量
废墟中，我们燃起生活的希望
痛苦中，我们选择勇敢和坚强
我望见浪漫夜空阴霾尽散
璀璨的繁星闪烁点点
那是十三亿人慈爱的双眼
那是中华民族点燃的火焰
也是爱的永恒普照天地人间

大 爱 无 疆

——献给玉树的歌

一

我思念西部高原
记得几年前那一个秋夜
我曾在青海湖畔
在如水的月光下
流连忘返

也曾在高高的塔尔寺
为人间的美好
默默祈福
四月十四日
那突如其来的一刻
打碎了我的梦
也击伤了我的心

二

美丽的格桑花
你不要哭泣
我不愿你痛苦
更不愿你流泪
我只愿你
永远美丽绽放
用你的热情抚慰
我们忧伤的心
我虽然在千里之遥
可我的心早已与你相随
就让手中的千纸鹤
带去我的问候和
远方的思念
就让燃烧的白蜡烛
为升入天堂的灵魂
把黑暗照明

三

生我育我的祖国啊
为何总是多灾多难
也许
你正是在风风雨雨中崛起
在逆境困苦中坚强
可我还是要虔诚地为你祈福
愿你如风雨后的花蕾
吐露芬芳
把生命绽放在
五十六个民族儿女的心田
我更愿我的母亲
美丽健壮
永远如东升的朝阳
恩泽四方

四

在茫茫宇宙中
地球是多么孤独
人类是这般渴望
(即使是心中的梦想)
寻找到一个未知世界
一个比我们文明千万年的星球
那或许可以为我们

指点迷津
因为
在短暂的历史长河中
我们对大自然的认知
几乎是零
在人类生存中
我们能够承受苦难
拼命地抗争
（即使是现实的残酷）
寻求不到自己的幸福
但那美丽的乌托邦
永远是我们心中的梦
理想、精神及那不朽的思想
我们逐渐超脱的直觉
会一层层剥去神秘的面纱
引领我们前行

五

我常在哀愁中忧思
美丽的大自然这样壮观
为何赐予我们无尽的欢乐
也给我们无尽的苦难
为何时而阳光明媚
时而又阴雨绵绵
为何时而风调雨顺

时而又天灾不断
我也常面对漫天的星辰感叹
一个勤劳善良的国度
为何总是多灾多难
（即使没有战争和动乱）
神秘的大自然总在制造灾难
（也许是人类所为）
我不想再提五月十二日的汶川
更不想看见西部那片
倾倒的家园
我不想漫漫春寒
我期盼春姑娘的闪现
或许
这可以给我冰冷的心
带来温暖

六

无情的灾魔
即使你是那样不可抗拒
可我们还是用坚韧的脊梁
有力的双臂
面对你一次次的冲击
今天，你可能毁掉的是一座高楼
明天，你会看见整片大厦高耸云端
今天，你可能毁掉我们一片家园

明天，你会看见更美丽的城镇布满人间
因为我们有精卫填海的精神
有女娲补天的气概
更有五十六个民族坚不可摧的意志

结束语

又是一个多灾之年
又是一个充满痛苦的记忆
又是一个刻骨铭心的春寒
在西部高原那片广阔的土地上
灾难又夺去我们成千上万的姊妹兄弟
又毁掉我们赖以生存的家园
可我们还是阔步向前
否极泰来

共享太平
——为战火中的叙利亚而歌

狂风吹散了
人间芬芳
沙尘令世界
如此浑浊

是谁在编织着
阴谋与邪恶
美丽的家园
化作血与火

堕落的原本是
残枝败叶
隐去的终将为
缕缕青烟

撕裂的心灵
何日抚平
迷途的羔羊
难寻归宿

让春的气息
复苏大地
芸芸众生
共享太平

我的祝福

——为巴巴多斯建国50周年而作

我的祝福
飞越原野
在加勒比海岸荡漾
你风景如画
浪漫而神奇的传说
如璀璨的珍珠
光彩夺目
令人遐想

我的祝福
飞越大海
献给你异国的朋友
虽远隔重洋
友谊纽带紧密相连
我们乘风破浪
一往无前
创造幸福未来

我的祝福

飞越高山
寄托一片诚挚深情
遥望加勒比
内心充满无限向往
企盼梦想成真
拥抱阳光
携手共铸辉煌

我们漫步在海边

寒冷的日子已过去
温暖的初春正来临
绚丽的花朵纷纷绽放
我们漫步在海边

童年的梦幻在眼前
美好的记忆难忘怀
似乎一切已渐行渐远
我们漫步在海边

爱情之海碧波荡漾
匆匆别离无限惆怅

岁月的沧桑磨砺人生
我们漫步在海边

翱翔的海鸥多浪漫
纵情歌唱勇往直前
告别午日又迎来黄昏
我们漫步在海边

让我们步入音乐的殿堂

在烦恼缠身的时刻
痛苦令我难以入寐
心上人啊
让我们步入
音乐的殿堂
倾听优美的歌声
此时你会由衷地
感受世界的美好
奇迹即将在此刻发生
美妙的旋律超乎想象
一切忧愁顷刻化为泡影
心上人啊

你会看到
一个辉煌灿烂的前景
让我们随着歌声进入梦境
你会看到瑰丽的世界
奇妙无穷

梦中的天堂

梦中的天堂
不是上帝的圣殿
王者的行宫
那是记忆中的小屋
有先辈们真挚的悯爱
还有孩子们快乐的歌声

梦中的天堂
不是美丽的西湖
五岳的云峰
那是碧绿色的田野
有蜻蜓蝴蝶在飞舞
还有蝉儿悦耳的群鸣

梦中的天堂
不是海边的别墅
京都的高楼
那是碧波荡漾的小河
有老渔夫憨厚的微笑
还有村姑健美的倩影

如果你的心被刺伤

姑娘，如果你的心
被刺伤
不要孤独绝望
更无须吞咽人生苦果
我虽回天乏力
却可用诗歌激发你
美丽的向往
也可化作小舟
与你扬帆远航

你会看到银色的海鸥
为你起舞
翻卷的浪花

为你歌唱
还有海市蜃楼的妙景
把你引入仙人居住的地方
你会看到生活浪漫而美妙
你会为自己的存在
欣喜若狂

当我们自由自在地
泛舟于辽阔的海洋
你可以敞开心扉
向大海诉说
你心中的梦想
尽情领略胶州湾的美景
也可在天涯海角享受
南国的晨风

请看深夜的皓月多明亮
它如同好望角的航灯
正给我们带来
一片光芒
姑娘啊
只要忠贞不渝
人生苦酒都将是玉液琼浆
生活的法则告诉我们
世界原本无限风光

即使偶遇阴云密布
我们的心也会向着太阳

如果你伤透我的心

如果你伤透
我的心
我可以
舍家抛业
浪迹天涯
即使跳入大海
也可以
和鱼儿相守

如果你伤透
我的心
我可以
放弃仕途
无忧无虑
即使飞向云空
也可以
和鸟儿遨游

如果你伤透
我的心
我可以
自由自在
驰骋原野
即使道路崎岖
也可以
和骏马奔腾

让我静静地安睡

让我静静地安睡
当世界越发躁动
人心日渐浮飘
空气如此污浊
纷争甚嚣尘上
只有尽快进入梦乡
或可超凡脱俗
远离无谓的烦恼

让我静静地安睡

在冰凉孤独的夜晚
即使没有恋人的相守
感觉不到茉莉花的芬芳
窗外湛蓝的夜空
总还会有皎洁的月光
它令我朝思暮想
也是我美好的希望

让我静静地安睡
在梦中重温
激情燃烧的岁月
挚爱亲朋消逝的面孔和
曾经热恋的姑娘
我久久不愿醒来
只想游弋于
梦中的海洋

噩　梦

不该拆的拆了
不该建的建了
家乡如此陌生

城市也已面目全非
古老的辉煌正在隐去
不伦不类的建筑充斥街头
仰望苍穹黯然失色
俯视大地一片浑浊
昔日的蓝天白云
如今已然雾霾笼罩
记忆中的风光田园
在视线中渐行渐远
只可见千疮百孔
处处是满目垃圾
鱼儿无处栖息
鸟儿正在消逝
人类独霸世界
难道这是噩梦的开始

那 一 夜

那一夜
我们一起度过
没有绵绵情意
更无销魂蚀骨的感觉

只是在静静眺望
河流奔腾不止
秋风拂面
涛声依旧
月影倒映于水中
苍白而温柔

那一夜
万物似乎沉睡
鸟儿也已归巢
都市终于停止喧闹
只有激情与渴望
在月色中飘荡
夜色深沉
心已疲倦
梦却依然
浪漫而温馨

那一夜
我们思索许久
烦恼总需摒弃
该割舍的也终须忘怀
即使珍贵的年华
伴随时光远去
烛光燃尽

花儿凋零
我们不懈的努力
纯洁而高尚

那一夜
我们憧憬人生
何忧时运不济
不屑物欲横流与险恶
让心中的赤诚永恒
一切无须抗衡
心情舒畅
目标坚定
扬起理想的风帆
激情而澎湃

夜的迷茫

当我在这
静得不能
再静的深夜
孤独前行
看不见月亮

也看不见
绽放的玫瑰和
玫瑰般鲜艳的姑娘
只有明晃晃的小路
明晃晃的灯光
困惑而惆怅
无助而迷茫

思绪仍然被
白日的喧闹困扰
或许醉生梦死
也是追求
或许孤独只能
凄婉忧伤
犹如这
静得不能
再静的深夜
看不到
玫瑰般鲜艳的姑娘
也听不到那
甜美的歌唱

让这静得不能
再静的深夜
延伸时光

我想静静沉思
在明晃晃的小路上
伴随明晃晃的灯光
让思想的翅膀
自由飞翔
忘却哀伤
寻找梦中绽放的玫瑰和
玫瑰般鲜艳的姑娘

假如有来生

假如有来生
我既不想化作大树
枝繁叶茂，硕果满枝
也不想成为小草
在风中摇曳滋生
我还想做一个人
顶天立地，刚直不阿
坚定信念，充满阳刚
虽然在漫长的岁月中
早已体验了人生的艰辛
虽然在复杂的人群里

早已看出了人心的险恶

假如有来生
我既不想成为小鸟
无拘无束，展翅飞翔
也不想成为小鱼
在水中自由游荡
我还想做一个人
体魄健壮，心地善良
智慧无限，大爱无疆
虽然在今世的生涯
早已经历了邪恶的伤害
虽然在堕落的世界
早已悟出了惨淡的人生

假如有来生
我既不想成为猛兽
雄踞山林，弱肉强食
也不想成为耕牛
在田间劳苦一生
我还想做一个人
善于求索，勇于追求
淡泊明志，满怀赤诚
虽然在人生的记忆中
早已忍受了过多的劳苦

虽然在苦难的日子里
早已看破人世滚滚红尘

记 得

记得曾经有过激情
飞扬的日子
即使食不果腹
也觉得充实而快乐
因为生活充实
每时每刻都在
追寻的憧憬中陶醉
直至朝阳初升

记得曾经有过袭扰
心灵的痛苦
即使苦不堪言
也觉得淡定而无谓
因为风华正茂
梦幻般的企盼
淡淡的愁绪尽消散
正如涛声依旧

记得曾经有过抱负
天下的壮志
即使苦海无边
也觉得刚毅而自信
因为正气凛然
直面风云变幻
人世的悲凉与残酷
一如过眼云烟

记得曾经有过愤世
嫉俗的清高
即使孤立无援
也觉得坦荡而从容
因为奋发向上
无怨无悔求索
理想的风帆和愿景
恰似大鹏展翅

岁月如梭
沧海横流
世界原本按照
自身的规律前行
生命的短暂限制了
人类的感知

再智慧的天才
也往往在迷途中前行

舍　弃

该舍的舍
该弃的弃
一切原本身外之物
何必利欲熏心
王者的宝座未必
使人升天得道
耀眼的桂冠未必
使人永葆青春

该舍的舍
该弃的弃
人生真谛崇尚无求
怎能有悖常理
历史的长河淹没
多少匆匆过客
残忍的现实折杀
多少公子王孙

该舍的舍
该弃的弃
生活该是多么美妙
切莫烦恼自寻
尽情享受好时光
祈盼太平永存
天地间有日月交辉
自己主宰命运

心　境

谁让我的心
离开了躯体
就似浮云
四处飘浮
赤热的胸膛
已经空空荡荡
那往日的渴望
淡淡地
也已伴随梦中的企盼
渐行渐远

谁让我的心
飞翔在远方
大地苍穹
崇山峻岭
汹涌的海浪
仿佛不见踪影
忧伤早已忘怀
君不见
远处若隐若现的坐标
虚无缥缈

谁让我的心
在悄悄抽泣
大千世界
困惑人生
交织着噩梦
难道绚丽花朵
不再芬芳四溢
风浪中
孤独的小舟犹如落叶
四处飘零

谁让我的心
变得如此凉
钢铁意志

美妙向往
在人生旅程中
多么苍白无力
而岁月的沧桑
似风儿
穿过白昼又转瞬即逝
这般无情

谁让我的心
漫步在宇宙
面对闪电
沐浴狂风
心中充满无限期待
尽收满目彩虹
在阳光普照中
高傲地
敞开宽阔博大的胸襟
阔步前行

格 言 诗

一

最大快乐是人生如愿

追求理想则历经苦难
怨天尤人是缺乏自信
直面现实则无往不胜
损人利己或一时得势
积德行善却终身获福
体有力或能丰衣足食
心有力却可富甲天下

二

失去的原本不属于自己
得到的其实也是他人嫁衣
特立独行会使人孤苦
言听计从也会带来懊丧
承诺绝非金科玉律
誓言或为一纸空文
看不到光明并非无光
内心空虚才自寻烦恼

三

强者面前一切辉煌
庸人眼中处处阴暗
忍耐原本智者之举
冲动却是莽夫所为
恃强暴露内心空虚
软弱表明胸无大志

鲜花娇贵弱不禁风
芳草贫贱不惧雷电

四

该得到的争之毫厘
不应有的分文不取
心地宽阔上苍相助
自寻烦恼神仙无奈
天下熙熙追名逐利
你死我活一切皆空
春风得意必遇严冬
历尽坎坷必享太平。

五

行善之人原本修德
行恶之人原本乱世
贪图功名原本为利
贪图金钱原本无知
不贪不占未必建功
大贪大占自毁前程
不仁不义随处可见
忠孝双全沙里澄金

六

野兽虽凶也有爱悯之心

人性温柔暗藏残忍面容
家有亿万绝非合家欢乐
一贫如洗却可其乐融融
知足者隆冬似阳春三月
贪婪者酷暑如寒气逼人
远离小人原本君子风范
伤害小人也非君子所为

七

流星的美丽在于短暂
太阳的辉煌本是永恒
没有月亮哪会享受阳光
没有黑夜哪会迎来白昼
英雄看世界总是光明无限
懦夫看世界总是暗淡无光
逆境在强者面前是机遇
机遇在弱者面前是麻烦

八

君子发怒彰显神威
小人无语依然卑微
君子求财多为大义
小人求财多为利己
君子求爱多为情深
小人求爱多为淫欲
君子相争多为求实

小人相斗多为小利

九

爱水是因水生万物
恨水是因水可泛灾
爱火是因火可温暖
恨火是因火能降难
爱财是因财可享受
恨财是因财能祸乱
爱命是因人生美好
恨命是因命运多舛

十

贫困者未必都是善良百姓
富足者并非个个为富不仁
缺点在某人身上不足为怪
优点在某人身上令人生嫌
美丽在某人身上变成丑陋
丑陋在某人身上却显可爱
忧愁在某人身上显示高尚
高尚在某人身上成为负担

十一

外形美心灵或许很丑
外形丑心灵或许很美
外形美心灵或许也美

外形丑心灵或许也丑
能言善辩未必是空谈
沉默寡言可能藏祸心
能言善辩未必成大器
沉默寡言可能真丈夫

十二

健康不在体而在心
懦弱不在体而在志
良药不当会生毒素
美酒过量会醉倒翁
胸怀大志未必功成
无所事事一生平庸
贪欲成瘾一切皆无
无求无欲富贵终生

十三

苍鹰矫健难免折羽低落
麻雀弱小也可展翅高飞
雄狮威猛无奈身临绝境
老鼠弱小常会偏安一隅
君子重义不乏壮志难酬
小人喻利偶可春风得意
愚者古稀依然朽木陈腐
智者年少照样雄才大略

相信自己

不要总是怨天尤人
大可不必顾影自怜
在这个世界上
再高贵的君主
也有难言的忧伤

幸运之神每每游荡
人的命运原本均等
当你自叹不如
陷入绝望
一切美好就会离你而去
幸福不会从天而落
苦难哪能如影随形
只要充满希望
任凭电闪雷鸣
总会见万里晴空

上帝本无任何旨意
康庄大道须靠自己耕耘不懈
心中梦想势必悄然而至

未来不是梦

昨日稳坐辉煌宝座
而今却已威风扫地
昨日尽享荣华富贵
而今却已贫困潦倒
原本美貌如花的佳丽
一夜成为苍老妇人
曾经风流倜傥的才俊
转瞬已是老态龙钟
看天地间邪气如此浑浊
见世界上孤魂四处游荡
富有的醉生梦死
贫穷的失望悲观
当贪婪和欲望永无休止
再美的世界也黯然无光
一切都为追名逐利
丧失信仰只如行尸走肉
通衢大道就在脚下延伸
灿烂的朝霞每每东升
享受不了生活是自己无知
追求不到幸福是自己无能

快 乐 前 行

如果你的心地真诚
不要理睬旁人的
指责和嘲讽
因为正义的天平
永远会向着光明倾斜
如果你的志向宏伟
不要顾及无谓的
阻挠或干扰
因为幸运之神
时刻眷顾有作为的人
生活早已告诉我们
美丽的人生
只有真诚才会五彩缤纷
心中的梦想
只有奋斗方可成为现实
既然一切都是定律
我们何不快乐前行

后 记

写杂文不是我的专长，因为那需要深刻的洞察力、犀利的语言和独特的见解，更需具有强烈的批判精神。我自幼只是充满想象和幻想，那是我人生中的另一个世界。或许，这恰恰是我与文学结缘的重要因素。确切说，我更喜欢诗歌和故事，虽说已届耳顺之年，可我的心仿佛还在孩提时代，我真想在有生之年去创造心中的童话。

现实世界冲撞了我的心灵，让我梦寐以求的人生彼岸渐行渐远。当人们在物欲横流的旋涡中苦苦奋争，我的思想和精神也在迷茫困惑中挣扎……我知道这绝非只是自己的呐喊，而是众多智者的共鸣。对这样一个纷乱复杂的年代，我本想沉默，本想归隐故里耕耘桃花田园，可与生俱来的良知促使我继续呼唤。

我热爱这个世界，热爱自己的祖国，热爱大自然赐予的一切。恰恰是爱的伟大力量，让我鼓足勇气，扬起生命的风帆，审视、批判、赞美生活中的现实。诚然，这不是靠几个作家或几篇文章就能改变的现实。然而，我们却能改变自己，至少可以出淤泥而不染，保持洁身自好，不失人生之美德，做到“举世皆浊我独清，世人皆醉我独醒”。

我们应当歌颂光明，这是对正义的伸张；我们应当批判阴暗，这是人类基本的良知。

其实，对现实丑恶的批判，就是对现实美好的呼唤。

安连发